YOU ROCK! 逆襲夢想

竹攸——著

Content

目次

楔子

如果時間沉澱了每一刻的發生

正值用餐時間，餐廳裡香氣瀰漫、人聲鼎沸，紛亂吵雜之中，推門而入的兩個男孩還是引起了不少注目。

「老大哥！哇，還真的是老大哥耶！」郭辰禹一進門就誇張地驚呼，和早已恭候多時的呂澤擊掌。

「這傢伙當過兵都沒有變得比較成熟嗎？」呂澤向較慢跟進的另一個男孩問道。

「可能剛出來就放飛自我了。」李詠燦脫下鴨舌帽，剛毅的平頭在溫暖的燈光下變得柔和。

「沒想到真的能等到這天，有人來接我們退伍，還是在這麼棒的餐廳。」辰禹環顧四周，正好一位女服務生送上兩杯水，他朝人家燦爛一笑，害她差點弄翻杯子。

「他這樣真的沒被長官刁難嗎？」呂澤的鷹眼捕捉了全部過程，仍然感到不可思議。

「長官可喜歡我了！」辰禹抬高了下巴，一臉得意。

「不是因為你跟他說你認識某女團的隊長嗎？」詠燦白眼翻了一圈。

「你怎麼都知道啊？」辰禹用手肘撞了撞他。「你真的很八卦欸！」

「我八卦？被你害得一堆人都來問我是不是也認識誰，很煩好嗎？」詠燦一臉無奈。

呂澤拿起杯子喝水，津津有味地看兩人鬥嘴，這種感覺十分久違。

如果時間沉澱了每一刻的發生，歲月將它醃漬成回憶，只有再次開封品嘗，才會知道它是更加酸澀、甘醇、清鹹，或者……

「請問三位要點餐了嗎？」剛才的女服務生拿著平板電腦走近，面露花色。

「嗯……」呂澤翻開菜單，抬眼望了望兩人。「兩個A套餐和一個B套餐，飲料的話都是柳橙汁……」

「等一下！老大哥，我要喝啤酒！」對於飲品的選擇，辰禹顯然有些不滿。

「我也是。」一旁的詠燦附議。

「你們兩個坐公車來的？」見兩人點頭如搗蒜，呂澤嘆了口氣。「那就給他們兩個啤酒，然後我一杯柳橙汁，謝謝！」

「好的，幫您重複一下……」女服務生重複了餐點，收拾了菜單便笑容滿面地離開。

「阿澤哥，你不喝嗎？」詠燦問。

「我開車，等下負責把你們兩個抬回去。」呂澤指指桌邊放著的車鑰匙。

「哇，你買車喔？當吉他老師可以賺那麼多嗎？」彷彿發現新鮮的東西，辰禹立刻拿在手上端詳。

「怎麼不是遙控器那種的？」

「不是我的車，是我爸的老古董，他說不開了，讓我負責照顧它。」呂澤沒有搶回鑰匙，早已習慣辰禹的莽撞，見怪不怪。「也好啦，有時候跑演出的時候，有車會比較方便。」

「現在接表演的行情怎麼樣？」詠燦看似隨口問起，但其實也是與他們生計相關的話題。

呂澤拿起水杯，沒有任何回答便是最切題的回答。「你們呢？還要回去念大學吧？」

「對啊，都是郭吉努突然說想先當兵才休學的，明明剩一年就要畢業了，都不知道在急什麼。」詠燦看了眼還在一旁玩鑰匙的辰禹，語帶責怪。

呂澤聽了只是笑笑，他知道詠燦嘴上說歸說，還是很有義氣的陪著服役，又很有義氣的一起回學校上課。「吉努，你要好好謝謝燦尼才可以啊……」

「齁齁，好久沒有人叫我吉努了，燦尼這個稱呼也好久沒聽到了，果然只有我們團員才會這樣叫……」辰禹放回鑰匙，嘴角勾起笑意，也勾起了回憶。「突然好想念河允書。」

「你現在要是想念他可以上網查啊，他最近參加了一個選秀節目，人氣很高的樣子。」呂澤邊說邊拿起手機查詢關於河允書的消息。

「真假！」辰禹接過手機，一臉新奇地翻看相關新聞。「前『YouRock!』成員參加韓國大型選秀生存賽……」

詠燦湊上去看了幾眼又退回位子上。「忙內也是熬滿久的。」

「對啊，上次跟他通電話都不知道是幾年前了，是我大學畢業那年嗎？」呂澤回想著，卻記不清確切的時間點。

「是啦，大學畢業準備入伍之前，你給他看了你的平頭，哈哈哈……」辰禹想起當時的情況，笑得合不攏嘴。「那之後就沒有再聯繫了。」

「他說要認真履行約定，直到他完成的那天為止都不會再跟我們聯繫，說這樣才不會因為太想念我們而軟弱下來，他真的狠下心了。」詠燦一方面心疼允書的決定，一方面十分肯定他的態度。

「不像某人，當過兵還跟小孩一樣。」

「這叫保持純真、返老還童。」辰禹將手機還給呂澤，講得理直氣壯。

「你是要說赤子之心嗎？」詠燦冷不防吐槽。

辰禹嘖嘖嘴，錯得也很理直氣壯。

「餐點來囉，兩個A套餐和一個B套餐，兩杯啤酒和一杯柳橙汁，這樣餐點都齊了嗎？」女服務生推來餐車，依序將餐點放上桌。

「都齊了，謝謝！」辰禹再次揚起笑容送走女服務生。

女服務生走了幾步又回頭，從圍裙口袋中拿出紙筆，表情比剛才害羞許多。「那個……我……」

沒想到她還會再回來，原本準備動筷子的三人都停下動作盯著她看，害她更加支支吾吾。

「還有什麼忘記的嗎？」詠燦輕聲詢問。

「我、我是你們的粉絲，可以請你們簽名嗎？」可能是被三人盯著而變得不知所措，女服務生紅了雙頰。

原來是簽名啊……三人相視而笑。

最後不只簽了名，還用女服務生的手機拍下認證照，三人的親切態度讓女服務生連離去的背影都難以隱藏她的心花怒放。

許久沒有幫人簽名和合照，這些看似熟悉的舉動現在做起來都有些陌生尷尬，三人帶著複雜的表情重新開始用餐。

而這份複雜，激動起了更椎心、沉痛的記憶。

「姐呢？還是沒消息嗎？」

無論是誰先開口的，沉默成了三人共同的解答。

如果時間沉澱了每一刻的發生，歲月將它醃漬成回憶，只有再次開封品嘗，才會知道它是更加酸澀、甘醇、清鹹，或者……

苦得濃郁。

第一部 啓航，追逐彩虹

噹噹噹噹！

放學鐘響，走廊上立刻衝出成群脫韁野馬，抓著書包爭先恐後地往校門狂奔——在校風嚴謹的私立米亞中學，這光景並沒有不同於其他學校，昏黃的操場上，拉長了一道道嚮往自由的身影。

「阿澤！社團！」女孩闖進教室，朗聲呼喚還在緩緩收拾書包的呂澤。

「好啦，不要催！」呂澤拎起書包，揹起貝斯，與女孩並肩往綜合大樓走去。「敢在高三教室這麼大聲的可能就只有妳了。」

「放學了嘛……」任有亭揚起笑容，在夕陽之下更顯開朗。「你有聽說嗎？『青春原創熱音大賽』，比賽簡章出來了！」

「嗯，聽說了，妳那麼興奮幹嘛？」呂澤看向身邊那雙不知是因為笑著還是因為陽光太刺眼而彎曲的眸子。「想參加喔？」

「當然啊！贏了就可以出專輯不是嗎？」她抬頭，正好對上眼。「你呢？都高三了，最後再陪我一下嘛，等你畢業了，我就一個人了耶。」

他們是青梅竹馬，比任何人都更深刻的依賴彼此。

呂澤移開目光。「誰知道，難道妳沒有聽說學校要介入……」

話還沒說完，他們才要推開練團室的門，就被一陣怒吼震住。

「憑什麼？我們是熱音社，這個比賽理所當然由我們參加才對啊！學校辦什麼甄選？」尖細的咆嘯竄出門縫，飛快的語速夾雜濃濃的憤慨。「我不同意！」

深吸一口氣，宥亭推門而入。「怎麼了？」

「學姐，社長聽說學校要舉辦校內甄選就在生氣。」一個社員悄悄來到宥亭身邊，消息是她帶來的，明明只是想要通風報信卻被颱風尾掃到，只好滿臉無辜地向宥亭求救。

「什麼甄選？」

「是我們剛剛在講的熱音大賽，學校說要派最好的人選出去比賽，所以要先舉行校內甄選。」呂澤解釋道，也剛好把沒說完的話說完。

宥亭看著不遠處籠罩在盛怒之下的蔡宜景，思考了一會兒。「其實我覺得沒有什麼不好啊，誰說只有熱音社可以代表學校參賽？」

無論是站在這間新創學校的立場，還是為了其他擁有才藝的同學著想，舉辦甄選都是一套兩全其美的方法，不但可以保證選手實力，還可以宣傳學校。

「任宥亭，妳都不會為熱音社著想嗎？別的學校都只派熱音社的人參賽，那是屬於熱音社的榮譽，妳身為副社長怎麼一點向心力都沒有啊？」蔡宜景氣沖沖地走到宥亭面前，指著她鼻子就是一頓罵。

「熱音社沒有損失吧？學校也沒說我們社團的人不能參加甄選，說穿了我們不管是經驗還是技術都佔優勢，擔心什麼？」宥亭並不在意蔡宜景的指責，反而冷靜地分析事態。「妳實力很好，妳可以選上的。」

「我實力怎樣還要妳說嗎？反正妳贊成學校做法就對了！」蔡宜景滿臉不甘願。

宥亭笑著點頭，呂澤跟著點頭，其他社員也都紛紛點頭。

「你們！」見現場大部分社員跟自己意見相左，蔡宜景滿肚子氣無法發洩。「你們這群人看著好了，我會證明我們熱音社才是最有資格參賽的，其他雜碎不算什麼！」語畢，她摔門而出。

巨響之後，練團室一陣靜默。

「好啦，該練習啦！」社長不在，宥亭擔起組織練習的責任。「沒組團的在大練團室自己找地方窩著，有組團的來跟我拿其他練團室的鑰匙。」

見沒什麼事了，大夥各自散開，呂澤收好書包後，提起兩支譜架，在大練團室的角落擺著，再拿來兩張椅子，還替宥亭架好了鍵盤，等她忙完後，所有東西都已經就緒。

「喔，貼心小哥哥！」宥亭這時才放下書包，翻看呂澤帶來的新編曲。「謝啦！」

「妳要叫哥的話我沒意見，但不要加『小』字。」呂澤一邊調整樂器，一邊抗議宥亭對自己的稱呼。

但她似乎正在假裝沒有聽見他的抗議。

「妳還想參加比賽嗎？」呂澤問道。

「嗯！我真的覺得學校這方法很好，像我們這樣組不了團的正好可以找到合適的團員。」她仔細地在譜面寫上記號，這是她的習慣，總是在讀譜時就為演奏做好一切準備。

聽見她的話，呂澤暗自嘆氣。不是別人不想跟她組團，是她對團員的要求極怪，不過這些呂澤都能理解，畢竟技巧並不是選擇團員的首要條件，同時他也很好奇她理想的樂團究竟是什麼樣子。

「阿澤，你這邊貝斯這麼編的話，吉他是不是要做點變化？」宥亭走到他旁邊，對譜上某個部分提出意見。

「我有想過，但是這個時候吉他如果太低調會失去亮點，太華麗會破壞曲子的和諧度……」呂澤在貝斯上試彈了幾下。「鍵盤的部分又怎麼辦？」

宥亭沉吟了一會兒。「這裡不需要鍵盤吧，和聲很足、節奏也很夠，鍵盤插進來會讓旋律沒有連續性，聽起來有點互相搶風頭的感覺。」

「那這樣呢……？」

這是宥亭的創作，兩個人都會在練習時討論編曲，這種模式早已成為習慣，或許這也是別人無法插足在兩人之間的原因，在有深厚音樂底子的他們身邊，總是讓人忍不住自卑。可誰都想不到，宥亭根本不在乎這些，對她來說，能夠融洽地討論音樂，這件事本身就能夠成為快樂的條件，做音樂就是應該快樂。

練習結束後，她和呂澤到活動組辦公室填好了甄選報名表，相互約好誰都不許放水。

「對不起，請問這裡是活動組嗎？」一個怯生生的男孩打斷了兩人的談話，他滿臉不安，還不敢看他們。

「是……」宥亭見男孩的制服樣式，是國中部的學生，心下一瞭他來到高中部的忐忑。「要找誰嗎？」

「報名表？」沒等男孩回應，呂澤便發現了男孩手上的資料。「是參加校內甄選的嗎？」

「對。」

「進去後交給裡面那位穿黃色衣服的老師就好。」宥亭指向辦公室裡，順著視線即可看見黃色衣服的老師正仰頭將最後一口茶喝掉。

「謝謝學長、學姐！」男孩恭敬地九十度鞠躬，起身時表情明朗許多，笑出了雙頰的酒窩。

兩人愣在原地，幾秒後才轉身往校門走去。

「剛剛那學弟好可愛喔。」

「是吧！我也這麼覺得，他笑起來有一種自帶光芒的感覺。」當有人跟自己持相同的看法時，宥亭都會特別興奮。「不過從你嘴巴裡面講出『可愛』兩個字感覺很不合。」

「妳皮在癢是不是？」呂澤用力推了推她的後腦勺。「不教妳數學了！」

「啊！不行啦！」宥亭一聽就覺得不妙，立刻跟在身後求饒。「我數學會被當掉的，學長！阿澤哥……」

呂澤背對著她，得逞地笑。

***

校內甄選如火如荼地展開，迎來選拔的參賽者們聚在小禮堂裡，現場瀰漫著一股緊張的氣氛。

有人自信滿滿、有人如坐針氈，大多數都摩拳擦掌、躍躍欲試的樣子。不過，也有人……一臉厭世，例如被硬拉進來的李詠燦。

「所以你幫我報名的就是這個比賽？」坐在位子上，詠燦板著臉，狠狠瞪著滿臉歉意的辰禹。

「哎唷，你就當作捨命陪君子嘛！」辰禹討好般勾住詠燦的脖子。

「我的命聽起來怎麼這麼廉價？」辰禹的討好看似沒有讓他的心情轉變……有，變得更差。

「跟你同班那麼久，我知道你是非常有義氣的人，願意為了同學以身相許！」此話一出，惹得附近的學生一陣竊笑。

如果這是漫畫，絕對可以看見浮在詠燦額頭上的青筋。「我跟你同班這麼久，我怎麼都不知道你是這麼浪費義氣的人？」

從國一到國三，沒想到升上高一之後還是同班，李詠燦真的不知道這該拍手還是撞牆。

「我也想過找其他人啊，可是只有你讓我覺得我們一定是天作之合，你看我都幫你把鼓棒帶來了！」沒等他的話說完，附近的學生已經笑到快氣絕身亡。

「郭辰禹，虧你叫辰禹，你的成語怎麼這麼爛啊？」詠燦終於忍無可忍，轉身扯住他的領帶。「不想我走就給我閉嘴！」

「好，知道了。」辰禹畢恭畢敬地奉上鼓棒和一根棒棒糖後，立刻安分坐好。

彷彿看了一場鬧劇，宥亭試圖緩和笑到痠痛的臉頰，還是忍不住抽動嘴角。「一個願打一個願挨，就是在說他們吧？」

呂澤看出了宥亭所指，會心一笑。

「對不起，請借過……」

又是那個怯生生的學弟！宥亭和呂澤看著他穿過人群東倒西歪地坐到兩人旁邊，一直盯著他看。但不是只有他們，幾乎發現他的人都會盯著他——國中部唯一的參賽者。

「學長、學姐好！」發現身旁是幫助過自己的熟面孔，河允書即使坐著也立刻九十度鞠躬。

「上次謝謝你們！」

「不會……」對於他的多禮，宥亭顯然有些不知所措。

「不會？」河允書一楞，露出牙齒擠出笑容。「不會什麼？」

「你說謝謝，所以我說不會啊。」宥亭眨了眨眼，被河允書的反應弄得一頭霧水，還轉頭問向呂澤：「他聽不懂嗎？」

呂澤聳肩表示不知道。

「啊……不客氣的意思嗎？」河允書自顧自地豁然開朗。「（韓語）原來如此！」

「你是韓國人？」聽到後面那串既耳熟又陌生的句子，宥亭才解開了疑惑。

「是！我是一半的……媽媽是台灣人。」允書講話斷斷續續，對中文的不熟悉讓他每次對話都需要一邊思考。

「混血兒，哇！」看過幾個混美國、法國等西洋系國家的混血兒，宥亭倒是第一次接觸亞洲地區混血的。「你來台灣念書？」

「對！爸爸的工作來這裡，所以我一起來這裡……」允書頓了頓。「（韓語）嗯？對嗎？」

「對的，沒有說錯。」聽到他最後還小聲懷疑自己的說法，宥亭忍不住出聲幫他。

但這一幫，讓允書很驚訝。「妳聽得懂韓語？」

「聽得懂一點點。」顧及他的需要，宥亭講話也跟著放慢了速度。「我喜歡看韓劇……嗯，韓國的電視劇，還喜歡Nell……」

「Nell！我也是！」找到了同好，允書相當驚喜，小酒窩旋在臉頰上。

這兩人的親和力也是絕了……呂澤靜靜地聽著兩人談話內容，在心底默默地吐槽。不忍心打斷他們，直到司儀上台才出聲提醒。「欸，開始了。」

參賽者逐一叫號上台，在短短三分鐘內將自己所準備的展現出來，雖然殘忍卻效率十足，因為懂得把握亮點的人，將會是這場勝負的贏家。

辰禹背著木吉他上台，他不是唯一一個這麼做的人，卻在一上台的瞬間引起一陣驚嘆，演奏就是他最好的自我介紹——

乾脆有力的刷弦、清晰悅耳的單音旋律、妖媚勾人的揉弦，即使是快速音群也不慌不忙、行雲流水，這不是一首絢麗的曲子，卻讓人身體跟著中快板的節奏律動，在大家都講求電吉他的磅礴華美時，他簡直是一股清流！

辰禹在獨奏編曲上作了點功夫，補足了演奏曲純旋律的弱點，明明只有一把吉他，卻有整個樂團的錯覺。活用各種技巧讓音色更豐富，而不過度矯情，甚至在每個完整的段落之間還很聰明的留白，彷彿那裡有人會填空一樣。

「謝謝大家，我是高一7班郭辰禹。」

三分鐘是如此之快，沒有人第一時間反應過來，遲遲才響起掌聲。

呂澤觀察宥亭的表情，什麼也沒看出來，他自己倒是很欣賞辰禹這種另類的突出，至少對於一個樂團來說，這人的配合度會比那些華而不實的吉他手要高出許多。

下了台，辰禹在與詠燦擦肩而過時抓住他，附在耳側悄語幾句便翩然離去。

待工作人員推上爵士鼓，詠燦才走上舞台。這場比賽的鼓手並不多，他是其中第一個登場的，他在極大的期待之下暗自舒了口氣，然後嘴角勾起一抹意味不明的笑。

鼓聲響起不過幾秒，有些人開始竊竊私語、有些人面帶嘲笑、有些人一臉失落、有些人嗤之以鼻。

「基本節奏？」宥亭為這意想不到的創意驚呼出聲。「阿澤……」

「先不要吵。」他摀住她的嘴，專心地看著前方。

爵士鼓是沒有音調的打擊樂器，雖然比起只能低聲吟唱的貝斯來說更引人注目一些，但仍有許多人認為它太過喧鬧，事實上它才是引領樂團最有力的那雙手！

固定的節拍、單調的過門，詠燦看似枯燥的演出，呂澤反倒看得津津有味。在他眼裡，這不只是基本節奏，這根本是人體節拍器！許多人都會因為節奏太過乏味而不經意越打越快，可是詠燦的拍子相當穩定、準確，每個鼓點輕重分明、乾淨俐落。

宥亭饒有興致地看著呂澤變化多端的表情，正當想開口吐槽時，舞台上的節奏一轉，加上了細微的變化，強迫她將視線轉移到台上。

「注意到了嗎？」

「嗯，是前面那首歌的節奏。」

宥亭轉頭看向呂澤，彷彿看見他眼睛裡散發出的雷射光。有人說能讓貝斯手微笑的鼓手才是好鼓手，李詠燦在呂澤眼裡大概就是這種不可多得的存在。

「好像同一首歌……？」允書突然湊近兩人，問道。「這個學長還有上一個吉他的學長。」

宥亭點點頭，比了個秘密的手勢。這有趣的細節還沒多少人發現呢！

演奏結束，詠燦踩著餘裕的腳步走到後台，才剛進休息室，辰禹便迎面而來，用力拍打他的肩膀。

「不錯嘛！要做還是可以的啊！」

「還用你說！」詠燦用鼓棒將他頂開，自己也是一臉滿足。「你題目出得太簡單了好嗎？前面我打到快睡著！」

「事實證明我的激將法很有效！」

想到上台前辰禹在耳邊說的話，詠燦就一肚子火——題目出好了，你如果答不出來，我以後就都不煩你，因為你、太、弱！

「弱你個頭！」再次拿出收好的鼓棒，詠燦回身就往辰禹頭上劈去。

當宥亭和呂澤進來做準備時，眼前的詭異畫面讓他們進也不是退也不是——撫著頭頂在地上翻滾的辰禹，以及一旁若無其事的詠燦。

「這是怎樣？」呂澤傻眼。「一個願打一個願挨？」

「噗！」聞言，宥亭噴笑。「你要這樣解釋也是可以啦！」

等鬧劇雙寶出了休息室，兩人便一語不發地各自準備著，呂澤在一邊給貝斯調音，宥亭在另一邊靜靜地看譜。不知道是不是因為說好不放水的關係，空氣中瀰漫著一股淡淡的競爭意識。作為樂器組的最後兩位參賽者，承受著上半場壓軸的壓力，兩人都不敢有所怠慢。

「呂澤！到了嗎？」工作人員進來喊號，打破了窒息的寧靜。

「到了。」背起貝斯，呂澤步出門前，朝宥亭彎下腰……

緩緩上台，他望著台下看來略顯疲態的觀眾，覺得有些無奈，看來大家對於在這快睡著的時刻，出場的人是貝斯手感到無聊吧。

「大家好，我是高三5班，呂澤。」做完簡單的介紹，他示意工作人員開始計時，就在音符開始的下一秒，那些半瞇的眼皮們突然同時被撐開，瞠目結舌地看著台上的人。

「古典音樂？貝多芬？莫札特？」

「蕭邦啦！」

是巴哈的〈十二平均律前奏曲〉——這並非一首容易的曲子。

不論是用什麼樂器，即使是原始的鋼琴版本，許多人在彈奏時都會因為節奏的反覆和注重平均的練習而忽略了旋律本身的音樂性和流暢度，換句話說，想要會彈很簡單，彈得好聽就是另外一回事了。

宥亭站在舞台側邊，望著沉浸於演奏中的男孩，平時再怎麼親近、熟悉的身影，總是在他站上舞台時變得遙遠、變得耀眼。他的表演總是出乎意料、充滿疑惑和驚喜，宥亭將視線轉移到觀眾席，看那一個個感到不可思議的表情，笑意就爬上臉龐，多想跟人炫耀他是自己的死黨。

詠燦睜大雙眼，眨也不眨地盯著呂澤，身為鼓手的他比誰都更清楚眼前之人的強大。看似樸實無華的技巧，實際上潛藏更深穩的修煉，如石子落入池中央般富有彈性的音色、山巒交疊般層次分明的樂句、像海浪一樣不斷往前推進的韻律感，貝斯在他手上已經不是低調不起眼的配角，而是能夠獨當一面的主角。

如果可以幫他配鼓多好……明明是獨奏曲，詠燦卻忍不住這麼想。

演奏完畢，剛下台就見到一張滿意的笑容，呂澤推了推她的額頭。「衝著我笑什麼笑？正經一點，換妳了！」

看似玩鬧的舉動，其實是他們給彼此打氣的一種方式，稍早在休息室裡宥亭也是這麼對呂澤做的，他們相信這樣可以將信心和力量傳給對方。

回頭看著宥亭步入燈光底下，呂澤最喜歡看她這般自信的模樣，走向中央的步伐、朝觀眾微笑的嘴角、光線下晶亮的眼神，從容不迫得好似她就是因舞台而生的人。

與其他使用鍵盤樂器的參賽者不同，她不是單單選擇鋼琴或者其他鍵盤，而是將鍵盤搬到鋼琴旁邊，把自己圍在正中間，蹲在地上裝效果器。

「大家好，我是高二3班的任宥亭。」當所有裝備都就定位，她才做自我介紹，這是很聰明的方法，因為比賽計時就是從發出聲音的這一刻開始……

真正的精彩，也是從這一刻開始。

由鋼琴高音敲打出清脆悅耳的前奏拉開序幕，在尾音拉長後，她轉身向鍵盤伸出手……

「哇！」歡呼聲突然蜂擁到空氣中。

鼓聲一下，在場的人都跟著節奏拍手。幾個小節之後，加入了貝斯的音色，沉穩渾厚的低音彷若把大家一下子帶到一扇門前，所有人都好奇那扇門後面有些什麼，當她再加入吉他音色之後，現場好像被拉進了一場派對，瞬間嗨翻。

確認所有聲部都在循環，宥亭回到鋼琴前，指尖一落，再次引起一陣驚呼——原來最開始的鋼琴並不是前奏，而是整首曲子的亮點旋律！

「（韓語）大發……」觀眾席上的允書忍不住讚嘆，這是他第一次親眼看見現場編曲，甚至對她的感染力感到神奇。

人家都說整個樂團裡最清閒的莫過於鍵盤手，不會編曲的鍵盤手更是樂團望之怯步的存在，因此鍵盤在樂團編制裡可有可無，鮮少有鍵盤手能夠在不搶其他樂器風采的情況下忙出自己的一片天，眼前這忙碌得不亦樂乎的畫面根本是少有的奇景，這就是任宥亭。

「啦啦啦……」抓過麥克風，她在曲子的結尾處加入哼唱，這神來一筆再次將氣氛推上最高點。

樂曲在一片歡樂中結束，餘音依舊繚繞在空中揮之不去。

樂器組的比賽在上半場完全結束，下半場即將展開歌唱組的廝殺，這短短十分鐘的休息時間只不過是小小的颱風眼罷了。

「任宥亭！妳不是樂器組的嗎！怎麼可以在台上唱歌！」

明明是問句卻必須要用驚嘆號的叫喚，宥亭不看都知道是蔡宜景，繼續不疾不徐地蹲在地上收拾東西。「歌唱組可以自己伴奏，為什麼樂器組不能在台上唱歌？」

說得太有道理，旁邊的人雖不敢吭聲，仍然默默地贊同。

「不要緊張啦，妳很有實力的。」語畢，她揹起自己的東西繞過蔡宜景走出休息室，剛踏出門就差點撞到低著頭的允書，「哇！」敏捷的反射神經讓她閃避了一場可能的疼痛。

允書也被嚇了一跳，見到宥亭便又是一鞠躬。「學姐好！學姐沒事嗎？」

她搖手表示沒事，只是笑得無措，她怕是得先習慣這男孩的多禮。

「剛才的表演……很棒！」就允書能夠表達的形容來說，總覺得好像不夠，但他盡力了。

「謝謝！你也加油！」

「好的，謝謝學姐！」語畢，他又一個鞠躬。

剛走幾步，宥亭轉過身叫住他。「那個……河允書。」

「是！」

瞧他一臉緊繃，宥亭又忍不住笑了。「……微笑啊。」

「欸？」

她豎起大拇指和食指湊上嘴邊，他終於明白，兩顆酒窩躍然於頰。

宥亭剛回到座位上，下半場的鈴聲正好響起，遲遲沒有叫號惹來陣陣竊語，等司儀回到場邊才漸漸平息。

「歌唱組一號，高二8班蔡宜景。」

掌聲之中，宥亭皺起了眉。「順序是不是改了？蔡宜景本來幾號？」

「三十五號。」呂澤答道。

善於表現者總是知道自己的優勢之處，樂於表現者總是清楚自己的特色之處，執於表現者總是懂得自己的搶眼之處。蔡宜景既不是善於表現、也不是樂於表現、更不是執於表現，她是更甚於這些，喜歡搶奪別人的優勢來彰顯自己。

第一個演出固然能成為全場焦點，同時也存在著風險，因為她會成為後面所有參賽者的基準，無論是勾不到的目標，還是踩踏的跳板。

不得不承認蔡宜景的歌喉渾厚有爆發力，是搖滾樂裡不可或缺的音色，高亢激昂如烈陽曝曬，又像火車輾壓過境，爽快的高音如引燃導火線的沖天炮，直衝雲霄到最高點後爆炸，轟動大家的耳膜。

一曲唱完，許多人都對如此暴風式的唱法非常激賞。

「後面的人完了！」

「這第一名了啦！」

觀眾席各種稱讚絡繹不絕，讓宥亭不自覺抓緊了裙擺，蔡宜景下的藥太猛，對後面登場的人都不是一個很理想的開場。

「二號，國三1班，河允書。」

允書出場的步伐並不是非常自信，感覺多少還是有受到前一個表演的影響，但看起來還算鎮定，至少保持著微笑。

「大家好，我是國中部三年一班的河允書，請多指教。」

全場唯一的國中部參賽者擁有一定的討論度，稚氣的樣貌加上特別的口音立刻奪得高度關注，很多人都揚聲替他打氣，無論是鼓舞他，還是不看好他。

他握著麥克風的雙手像握著一股希望，一開口，宛如陽光透過枝葉縫隙灑落水面，波光粼粼，又像夜鶯藏在深谷樹叢中低吟，仰望皎潔月光。

經典歌曲〈Starry, Starry Night〉！

所有人都屏氣凝神注視這位流浪詩人，陷入他吟詠的意境——有紳士摘帽行禮、有少女拎裙飛舞、有商人吆喝、有船長叼菸、有孩童趕牛羊、有老人牽著狗；每一座山、每一條河、每一棵樹、每一朵花、每一陣風；飄過的白雲、飛過的候鳥、流過的船痕、走過的腳印、拂過的落葉。

他隨性而專注，由心而出的情感飽滿、細膩、圓潤、溫煦，唱出的每一個字就像畫裡的每筆勾勒，時而濃郁、時而輕柔，帶著所有人穿過一幅又一幅的名畫，最後寂靜於滿天星晨的夜。

時間彷彿跟著歌聲靜止了，允書似乎也還沒緩過神來，台上與台下遙遙相望，直到毛毛雨般的掌聲漸漸疊加成雷雨震耳般的歡呼。

「啊啊啊啊，他聲音也太好聽了吧，根本天理不容啊！」辰禹回過神，激動喊道。

「你是要說天籟之音嗎？」

「對啦，差不多意思！」

根本不一樣好嗎……詠燦已經懶得吐槽。

方才的餘韻仍在，觀眾的情緒完全靜不下來，這之中最掩不住興奮的任宥亭將裙襬抓得更皺，呂澤發現了這個小動作，輕輕掛上了笑，他看見了她眼中閃動的光芒，像找到了尋求已久的寶石。

比賽接著繼續，直到最後一位參賽者退場。

工作人員開始向台下的參賽者們發放紙條——請選擇你想組隊的選手。

原來前面坐著的評審都不是真正的評審，他們只是來觀賽的師長！而真正令人震驚的還在後頭……

禮堂門口有一群人魚貫而入，使得場內的參賽者紛紛驚呼，他們是每個班的班長，手上全都拿著一疊資料，看起來與參賽者們手上的紙條差不多大小，他們將資料交予工作人員後離去，一點聲音都沒有發出。

「我們有說過比賽會透過直播讓全校同學觀看對吧？」司儀看著台下一張張疑惑的小臉，緩緩說明：「我們的評審就是全校同學和你們自己。由全校同學投下自己覺得最該代表學校的五個人，加上你們自己選擇的隊員，來選出最多票的為第一名，第一名擁有特權可以選擇自己想要的隊員！」

也就是說，不一定要獲得前幾名才可以成為代表隊員，而是要被第一名的人選中才會成為代表隊員，但是若想要獲得選擇權，就必須得到第一名！

「接下來我們會請工作人員幫忙清算票數，這段時間請各位謹慎選填手上的名單，這很有可能成為學校代表隊的名單。」

出人意料的選拔方式使得所有人都突然對手上的資料格外真摯，絲毫不敢怠慢。

任宥亭和呂澤很有默契地在第一格填上彼此的名字。

「妳這狗腿啊！」呂澤指了指自己的名字。

「你才雞腿啦！」任宥亭用筆戳了戳他的小腿。

蔡宜景環顧禮堂，向每個參賽的熱音社社員使眼色，呂澤和任宥亭當然也收到了。

「（韓語）漢字好難啊，名字都怎麼寫？」河允書獨自嘆了口氣，對著空白的表格碎碎念。

聽見他喃喃自語，任宥亭雖然聽不懂他到底在說什麼，但看這情況也能猜到一些，出聲給了提示：「可以只寫號碼。」

「喔！」他恍然大悟，開始填寫。

辰禹東張西望，側身靠近旁邊還在苦惱的詠燦。

「其實我忘記大家的號碼跟名字了！」辰禹洋洋得意地亮出手上的空白名單。「我抄你的好了。」

「你一點自己的想法都沒有嗎？」

「你的想法就是我的想法啊！」

詠燦無語，搖搖頭不再理他。

無論怎麼苦惱總會迎來公布的時間，經過一段不短的等待後，司儀再度上台，手上的信封比他本尊更奪人眼球。

「本次校內選拔的第一名是……」

＊＊＊

筆蓋與桌面毫無意義地敲擊，電風扇轉啊轉啊只轉出熱汗淋漓，腳趾藏在鞋子裡無聊地摩娑彼此，偶爾一個人伸手搔頭，在碰到頭之前又一頓一停的放下。

音樂教室裡，五個人圍坐成一個圈，沒有人說話，只有沉默在眼神之間來回拋接。當初被點名的時候固然高興，實際集合時卻陷入無限尷尬的迴圈——

「本次校內選拔的第一名是……」司儀拉長尾音吊足了胃口，深吸口氣：「高二3班，任宥亭！」

尖叫與歡呼突然從四面八方炸裂，不只禮堂內，連教學樓傳來的聲音都一清二楚。宥亭還沒反應過來，硬是被呂澤推著起身，呆愣地站在原地不知道該怎麼辦才好。

「喂！發什麼呆？上台啊！」呂澤搖了搖她的肩膀，催她上台。

宥亭踏著猶豫的步伐走到舞台中央，接過麥克風和稍早填好的名單。

「請妳宣布想要一起組隊的選手。」此話一出，剛剛的狂歡立刻化為死寂，死寂之中又閃亮著一雙雙帶光的瞳孔。

「我想一起組隊的選手……」宥亭將手掌裡皺巴巴的紙條攤開。「貝斯，高三5班，呂澤。」

呂澤笑著起身，伴著掌聲走到她身後。

「鼓手，高一7班，李詠燦……」

「詠燦！是你耶！」比起立刻反應過來欣喜若狂的辰禹，被點名的詠燦完全不敢相信，明明他只是一個來陪比賽的。

「吉他，高一7班，郭辰禹。」

「哇！連我也有！啊啊啊啊啊……」聽到自己的名字，辰禹簡直樂瘋了，拉著詠燦衝上台，還高舉兩人牽著的手向觀眾鞠躬，引起爆笑。

呂澤對目前的人選相當滿意，他微微探出身子偷看宥亭手上的紙條，視線抬向全場服裝最特別的人。

蔡宜景眼巴巴地數算剩下的人選，只剩下主唱了，可她同時也清楚，以宥亭的實力是可以自己擔任主唱的，就怕她選到這裡為止。

這是她第一次如此急切希望自己的名字從宥亭口中念出。

「主唱……」

她真的選了主唱！蔡宜景激動起身，引來附近同學側目。

「國三1班，河允書！」

完全沒有料到她會選國中部的小男生，所有人都露出驚訝的表情，但也大方表示祝福。

至此，代表學校參加「青春原創熱音大賽」的選手全部底定。

禮堂角落，有一個人悄悄握緊了雙拳……

「先來決定團名吧！」極致靜默之中，作為隊長的宥亭終於開口。「有什麼想法都可以提出來。」

「我我我！」辰禹率先舉手，迫不及待要發言，他等這一刻很久了。「米亞之光！」

「如果沒有贏怎麼辦？」詠燦把玩著手上的棒棒糖。

「要先給自己信心啊！」辰禹說得頭頭是道。「人如其名，團隨團名你知道嗎？」

難得說對了成語，詠燦噴笑出聲，讓某人不樂意了。

「怎樣啦，不然你想一個啊！」不甘心自己思考的團名被吐槽，辰禹立即將手上的芋頭丟了出去。

「我Pass！」詠燦平舉雙手，咬字因為含著棒棒糖而含糊。「看河摩有想ㄏㄨㄚˇ（暫時沒有想法）。」

「允書呢？」見鬧劇雙寶沒有結論，宥亭轉向一直不出聲的允書。「想說什麼就說！」

她觀察了很久，大概是語言不通的關係，允書一直欲言又止的。

「我？」他有些猶豫，從口袋裡抽出一張考卷，將背面打開。「『YouRock!』……」

You rock，能集各種盛讚於一身，擁有多重正面意義的詞語；驚嘆號是期許一直保持驚喜，像他們一個個初登場時渾身解數的創意。

「好名字欸！」宥亭從看見這名字的時候就已經非常喜歡，聽完意義之後更覺得非這個名字不可了。「我好喜歡這個點子，喔……河允書，看不出來喔！」

「我也覺得很好，各種方面來說。」詠燦點頭肯定。

呂澤朝允書比了個讚，讓本來還沒什麼自信的他又笑出了兩顆酒窩。

「天啊，你每次笑的時候，我都好想咬咬看你的臉。」辰禹就坐在允書對面，不經意的話語立刻集中了大家火辣辣的目光。「呃……我是在誇他可愛，你們不要那麼兇……」

「不是可口嗎？」呂澤直覺反問，眼光閃爍，等著看笑話。

允書對眼前的狀況一頭霧水。「我的臉很好吃的樣子嗎？」

「噗！哈哈哈……」詠燦突然大笑，又引起一波注目。「郭辰禹你……吞什麼口水啦！」

「哎？學弟你肚子餓了嗎？」宥亭見狀跟著起鬨。

「你們在說什麼？」河允書一直被蒙在鼓裡實在太憋悶，忍不住抱頭大喊。「跟我說啊！」

宥亭急忙安撫。「沒事沒事沒事，在說你很可愛的意思……」

團名「YouRock!」就在一片混亂中定了下來。

但比賽並不是簡單的事情，不是練一首Cover曲就能夠上台，它要求原創，每個參賽的樂團都必須拿出自己創作的曲子，第一次集合結束後，五人又面臨一個巨大的挑戰。

曲目一直定不下來，每個人都有自己的創作，每個人都有各自喜歡的風格，對於一個完全沒有合作過的新樂團來說，融合和摩擦都是必經過程，這讓宥亭陷入了苦惱。

「怎麼了？妳今天連一個音都沒彈。」呂澤放下貝斯，看向社團活動開始以來都趴在琴鍵上發呆的人。

「曲子的問題啊，我不知道怎麼辦才好……」宥亭坐直身子，有些無助。「雖然選了大家，但是大家到底都喜歡或是擅長哪些風格，我都不知道。」

「不知道就去看啊！」呂澤將她拉起來，直直走到外面。「總比妳一個人趴在這裡空想好多了。」

「要怎麼看啊？」宥亭不明所以，呆呆地被拉著在走廊上跑。

「撒開妳的短腿，跟我來。」

「我不矮好嗎？什麼短腿！」
「高的人也是有腿短的。」
「那是什麼比例？六比四？說你嗎？」
兩人就這麼打打鬧鬧地來到了吉他社教室外，一個身材精壯的男孩跟呂澤打招呼。
「來找我嗎？」吉他社社長推了推眼鏡，發現呂澤身後的宥亭。「嗨，學妹！」
「誰找你了。」呂澤擺擺手。「我找郭辰禹。」
吉他社社長仰頭四十五度角，嘆了口氣。「你找我們家大王啊……人家可能不見得有時間接見你啊！」他的話藏著一點無奈、一點嫉妒、一點羨慕，指了指教室內，要他們自己看——
偌大的教室，有一個角落擠了一大圈人，看起來是在練習團刷，但事實上是一群女學生圍著正中央的郭辰禹，空氣中彷彿漂浮著各種顏色的愛心泡泡。
「他入社以來就這樣了嗎？」呂澤雙手抱胸，看著吉他社社長的眼神充滿同情。「你真的很不容易。」
「我才是新入社的啦！他是本社老人了，國中部一直到現在，我高一進來的時候就已經是這個樣子了。」吉他社社長搖頭扶額。「我明明進吉他社是要教學妹彈吉他的啊！」
「也難怪啦，你動機不純。」呂澤拍拍他的肩。「我們想進去看看，可以嗎？」
「可以是可以……等下！你到底站哪邊的！」
兩人進教室的時候，只有幾個社員看見他們，「愛心大王區」完全沒有發現他們的存在。
辰禹時而示範、時而指導，親切有加、耐心十足、笑容滿面。

「據我所知，他沒有不擅長的曲風，任何風格都可以駕輕就熟，在什麼歌曲裡面就會完全融入進去。」吉他社社長說到一半，突然阻攔往前走去的宥亭。「哎！學妹！別闖禁區啊！」

「讓她去吧。」看她那猶如小貓般輕手輕腳的動作，呂澤的嘴角就不自覺上揚。

「你真的也是不容易啊……」

「閉嘴。」

宥亭湊到人群後方，故意拉了張椅子坐在較不起眼的位置。辰禹正在指導刷弦的方法，不厭其煩地反覆說明，和平常看見的傻樣不同，在有關音樂的事情上他都顯得格外真摯。

「彈法是自由的，可以用自己喜歡的方式，但是要注意適不適合曲子……學姐！」辰禹講到一半，忽然發現一臉認真的宥亭，驚訝起身，所有人跟著往後轉。

「被發現了……」面對一道道炙熱的視線，宥亭有些難為情。

辰禹撥開重重人牆，來到她面前。「學姐找我有事嗎？」

「沒事啊！來看看傳說中的大王是怎樣的盛況……」她退了一步，漾出清爽的笑容。「結果不是大王，是很好的老師呢。」

眾女孩們紛紛贊同。

「學姐，謝謝妳選了辰禹！辰禹真的很棒！」幾個女孩感激地說道。

沒想到會被感謝，宥亭感到意外。「嗯……我大概跟你們一樣被他吸引了吧，以後可能都要跟你們借走辰禹了，可以吧？」

「可以可以可以！我們會一直支持你們的！還有學長也是！比賽加油！」

不遠處的呂澤朝女孩們揮手，惹來女孩們各種融化。

「好了，我們還要去看其他人。」還不習慣這種追捧的目光，宥亭將椅子歸回原位，出了教室。

即使不適應，心裡其實多少是慶幸的，至少擁有這種無條件的支持就是最理想的開始，當然這份心意不能夠無條件的接受。

綜合大樓地下室是管樂社的合奏室，他們在這裡找到了正投入練習的詠燦，並被獲准坐在教室一角觀摩練習。

米亞中學管樂社是目前少數玩爵士的學生樂隊，也許是入社需要考試的關係，社員們的程度頗高，節奏韻律都很合拍，讓人聽了都會情不自禁地跟著搖擺；音色滑潤不刺耳，木管、銅管各具特色，像發酵得又圓又鼓的麵包，質地綿密精緻又具有層次，能完整感受到專屬爵士樂的不羈、詼諧與浪漫。

令人意外的是詠燦竟然不負責爵士鼓，他在吹低音號！

仔細觀察了一下聲部編制，宥亭有了重大發現。「他們沒有貝斯……」

「嗯。」呂澤點點頭，他總算了解為什麼詠燦打鼓時的律動帶有一種奇妙的舒適感。

他演奏的低音號聲音非常靈巧，節奏明朗不呆板，和打擊部的配合恰到好處，穩固又不失柔軟，就像蛋糕的底座一樣。

「兩位旁聽生，如何？」一曲奏畢，指揮老師轉向如癡如醉的兩人。「哎呀，我真喜歡你們的表情，這表示我們的努力有了成果。」

「我覺得超精彩！這是我第一次現場聽爵士管樂，跟看影片不一樣，很帶勁，一種讓人想跟著拍手、跟著跳舞的感覺！」宥亭聽得相當入迷，由心而發的感想讓所有社員都很有成就感。「讓我有點想一起彈……」

「可以！歡迎！你們也看見了，我們沒有鍵盤手。」指著角落被布蓋住的琴，指揮老師半開玩笑道。

「也沒有貝斯手，我以為詠燦是打擊部的。」呂澤表情有些惋惜，他也很喜歡爵士樂的。

「我是打擊部啊，」詠燦抱著沉重的低音號。「但以前學的是低音號。」

「對，我們低音部也很缺乏，詠燦需要兩邊跑來跑去，還是呂澤你要回來？老師我張開雙手迎接你！」指揮老師也對呂澤發出入社邀請，擠眉弄眼的表情非常逗趣。

「不，謝了老師。」呂澤滿臉黑線，有陰影似的拒絕。

「你們這些小蘿蔔都不知道，呂澤是我們爵管的創社社員喔！」指揮老師的話一出口立刻引起躁動。

「是喔？」連宥亭都頭一次聽說。

「我還記得他國中時彈貝斯的傲氣，真的是……長大後有被磨平不少喔？」指揮老師一臉戲謔，故意用勾人的語氣說著只有兩人知道的黑歷史。

「什麼什麼？我想知道！」宥亭也跟著起鬨。

「老師你頭頂也磨亮了不少。」冷不防的反擊惹來哄堂大笑，呂澤趁著笑聲將宥亭半推半拎地往門口走去。

「欸，這麼快就要走啦？」指揮老師佯裝要留人，故意又繼續開玩笑。「下次來彈貝斯啊！」

「我們還要去別的地方，老師再見！」宥亭向老師行禮也跟社員們揮手道別，最後朝詠燦一笑。

「喂，為什麼你參加爵管，我會不知道啊？」樓梯間，宥亭還不忘追問。

「妳不知道的可多了……」呂澤領在前頭，內心真希望這丫頭的好奇心不要這麼無邊無際。

「你有空講給我聽啦！」

「我不要，沒空。」

「阿澤！」

「噓……」

不知不覺走到了圖書館，宥亭被呂澤掃了一眼，立刻闔上嘴巴。

「來這裡幹嘛？」她壓低了音量也放輕了腳步。

「留學生或交換學生都會在這裡學中文。」呂澤領在前方，探頭探腦的像是在尋找什麼。

「你怎麼知道？」

「我們班有交換生。」他邊答邊打開一扇門從縫隙偷瞄。「找到了。」

「什麼？」宥亭想跟著偷瞄，呂澤卻敲了門。

「請進！」門裡的人應了聲，轉頭一楞，迅速站起身。「學長、學姐！」

「哈囉！來看你有沒有乖乖學習啊！」宥亭走到書桌邊，拿起一張被寫滿的紙。「你在抄歌詞喔？」

「是，老師說……可以、用喜歡的方法、自己練習。」允書答得有些斷斷續續，但能看得出來他很努力地想要表達。

你問我愛你有多深，我愛你有幾分……這這這，到底是誰選的範本？宥亭忍著笑。「意思都懂嗎？」

「懂，這是媽媽最喜歡的歌曲。」

不肉麻嗎……？宥亭放下紙張。

「我想學會媽媽喜歡的歌曲，所以我……」允書思考了一下：「抄、歌詞。」

這帶點自我懷疑的語氣實在太可愛，根本難以將如此天真無邪的少年和唱〈Starry, Starry Night〉時的漂泊詩人聯想在一起，禁不住好奇這經典的情歌由他詮釋會是什麼感覺。

「我可以聽你唱嗎？」宥亭投射給允書的眼神充滿渴望和期待。

「我也想聽。」呂澤認為這點子不錯，總覺得眼前的男孩有種很獨特的個人魅力，說不出來具體的感覺，但是很吸引人。

「那我唱了。」確認門有關好，允書在兩人殷切的注視下顯得有些緊張，他站定、吸氣……

陽光爬出雲朵的口袋，鑽入半掩的窗簾縫隙，撒落這小小的自修室。歌唱的男孩閉著雙眼，一字一句如敘述一場深刻的愛情故事，有難以忘懷的親吻、繾綣綿延的思念、含情脈脈的溫柔、小心翼翼的擁抱，彷彿電影一幕幕精彩的片段在眼前上演。宥亭和呂澤就這麼楞著、深深入迷。

允書的歌聲聽幾次就有幾次反轉，他是一道變幻莫測的彩虹，時而濃郁、時而清淡，時而搭起天橋、時而圈住雲朵、時而在天空畫出散漫的一筆，七色光芒讓人驚豔不已。

呂澤給宥亭使了個眼色，宥亭立刻會意。

聽見另一個聲音，允書突地睜開眼盯著宥亭。她清澈澄淨的和音像拂過湖面的微風，吹起波紋、推起微浪，不搶眼、不奪目，安安靜靜地貼著波浪前進。

水光瀲灩晴方好，山色空濛雨亦奇。欲把西湖比西子，淡妝濃抹總相宜──呂澤不自覺想起小時候背過的詩，用來比喻此刻的歌聲正好。

這波光連天的景緻、這扣人心弦的故事，在唱完最後一個字後完美謝幕。

陽光依舊、餘韻猶存，小小的空間靜謐得只剩呼吸聲。

「學姐！」

「啊？」

允書的叫聲驚醒了思緒迷失的宥亭，他抓著她的肩膀，雙眸因興奮而閃爍著光芒，兩顆酒窩在頰邊深邃，整個人一蹦一跳的，臉上全堆滿了笑：「學姐！剛才……好好聽！」

或許他想表達的不只這般片面，但他的表情動作說明了一切。

「是吧是吧？我也嚇一跳！」宥亭這才回過神來跟著激動不已。「阿澤！」她轉向他，逆著光笑彎了眼。「你聽到了嗎？剛剛那是什麼？看我的雞皮疙瘩，哇……」

呂澤還愣在原地，或者說他又愣在了原地。

可惡，小時候背的詩又再一次竄入腦袋。

筆桿與桌面有規則地擊出輕快的節奏，電風扇轉啊轉啊轉出嬉鬧笑語，膝蓋有時因為說到激動處而左右晃動，偶爾一個人伸手輕推另一個人，另一個人又推得另外一個人東倒西歪。

音樂教室裡，四個男孩圍坐成一個圈，你一言我一語，一旦話題開始就興致高昂，亂七八糟的梗到處拋接。當初的生疏尷尬已然消失，只剩不著邊際的吵鬧無限迴圈。

宥亭抱著資料剛進門就見到這場景，悄悄地鬆了口氣。

「學姐！」

「任宥亭！」

他們發現了她，笑顏逐開——多年以後，這成為了她最想念的畫面。

「我剛剛去活動組拿比賽簡章，初賽是上傳演奏錄音做篩選，老師說錄音室和製作人已經幫我們找好了，也訂好時間了，我們只剩下兩星期可以練習。」將手上的簡章和錄音室資料發給他們看，宥亭如期見到他們瞬間嚴肅的神色。

「可是我們還沒有定下曲子。」詠燦邊翻看資料邊砍一刀。

「練團室也不外借。」呂澤幽幽地再補上一刀。「社長大人說『非社員』不可使用。」

他話剛說完便一陣靜默。

現實竟是如此殘酷！準備時間緊繃、選曲尚未定案、練習室毫無下落，就算有千百萬分的熱情都可能被這堆積如山的難關給澆熄。

但他們才剛啟程，目標就在前方，沒有開始發力追逐就不願意停下腳步。

「爵管的合奏教室我可以幫忙協調看看，把練習時間錯開應該就沒問題。」詠燦說道。「那裡有鼓和琴，音箱和麥克風也有，除了樂器要自己帶，其他設備應該不缺……啊，重點是有冷氣。」

所有人不約而同地仰頭去看搖搖欲墜的電風扇。

「誰跟學校提議一下把它給換了。」辰禹語帶無奈，其他人用表情附議。

「那練習室的部分就拜託你了！」宥亭從口袋中掏出手機尋找檔案。「曲子的部分，這幾天我有做好的Demo，你們聽一下，看有什麼意見或是有其他作品都提出來吧，我們要加速選歌了。」

話剛說完，樂曲播放——悅耳好記的旋律、輕巧飛揚的節奏、乾淨俐落的編曲，宥亭融合了每個成員的特色，在極短的時間內展現所有成員獨有的亮點——一曲播畢，讚美聲四起。

「我覺得這個很好！」辰禹拍著手，一臉認真地評論，詠燦在一旁點頭。

「我也是！」光看酒窩出現就知道允書很喜歡這首歌。「很好聽！我想唱！」

「既然主唱想唱那就定下來吧！」呂澤下了結論。

「好喔！」得到大家的認可，宥亭也掩不住高興。「編曲的部分還需要請大家調整，畢竟你們比較熟悉自己的樂器。剛剛你們也聽到了歌詞還沒有寫，我想說大家可以共同創作，尤其是要讓允書快點學起來比較重要……」她朝允書一笑。「你要認真學中文了。」

「我會努力的！」允書直起腰桿，眼睛裡冒出熊熊火焰。

「譜的話我晚上傳到群組裡，自己印出來練啊！」宥亭看著眼前一張張充滿鬥志的臉龐，內心也跟著沸騰起來。「我們……來喊口號吧！」

她將手伸到圓圈中央，其他人跟著層層疊起。「一、二、三……」

「You rock！」

＊＊＊

「YouRock!」正式啟動，他們以爵管的合奏室為中心，家裡、教室三點一線投入練習，連週休二日也不放過。時間追趕他們，他們只能不斷往前奮力衝刺。允書要學會所有的中文歌詞，宥亭和辰禹要不斷調整編曲，呂澤和詠燦需要互相配合，個人練習和合奏練習無限循環，培養默契需要花費大量時間，他們盡力傾聽彼此的需求，及時給予協助，就這樣直到錄音前晚。

大夥收拾好東西，正打算提早結束練習，只有宥亭還呆坐在譜架前，好像在思考什麼。

「姐，我們要回去囉！妳不走嗎？」詠燦拿著鑰匙來到她身邊，眼神飄向呂澤求救。

他們都知道，一旦宥亭陷入沉思，要再醒來就不是那麼容易。

「任宥亭，人家要關門了！」呂澤接收到訊號，立刻出聲警告。「再發呆就把妳關在這裡。」

呃，是威脅。

雖然宥亭沒有回答，但見她開始收拾東西，呂澤便要大夥到外面去等，自己幫她整理好書包。

「在想什麼？」

揹起書包，宥亭站起身和他一起走到外面。「其實我剛剛很認真的思考了三秒我在我的床鋪上對於我的兔娃娃們是什麼存在？」

不只三秒吧？「嗯，結果呢？」

「我發現我是蘿蔔。」

呂澤停下腳步、詠燦掉了鑰匙、允書滿臉問號、辰禹直接笑翻。

「咦？你們幹嘛？」宥亭回過頭才發現異樣。
「任宥亭妳壓力太大嗎？」呂澤青了張臉。
「姐，妳被『辰禹化』了嗎？」詠燦重新鎖好門，不懷好意地吐槽，剛平緩笑意的辰禹順便中槍，但他在跟允書解釋剛才的情況，沒有聽到。
「我承認有點緊張，竟然這麼快就要錄音了啊……」她環顧身邊的團員們，突然笑得很滿足。「可是我相信我們一定可以做得好！」
或許沒有任何稱讚能夠比這簡單的一句話要來得激勵人心，其中內含強大責任與意志。而這份信任並不突然，它日復一日、又復一日的累積、深刻、緊密，於是她能夠大膽地說出這句話——相信。

第一次來到錄音室，五人都有些拘束，大氣都不敢喘地坐在小廳的沙發上調整樂器，製作人走了出來，是一位有些頹廢的年輕大叔，眼白裡充滿血絲，但人看起來還算精神，他給五人遞上溫水，也遞上了微笑。
「狀態還好嗎？」他問，逕自坐在地毯上，非常隨性。
「我狀態非常好！」適應能力甲的辰禹舉手搶答，興致高昂的樣子讓製作人大笑出聲。
「哈哈哈！」製作人的笑聲稍微舒緩了五人緊繃的神經，向他們一個一個握手。「我叫柳東明，這次擔任你們的製作人。」
「你好！」

「我第一次接到學校的委託，竟然是要參加熱音比賽的！」東明想起接到電話的時刻，還是有些不敢相信。「你們學校很用心呢，什麼都先替你們想好了，不過我也理解啦，新學校對不對？吼，超會利用機會耶！」

至此為止還是一個八卦的大叔，話鋒一轉卻瞬變成專業的音樂人：「你們的練習帶我聽過了，首先呢，曲子很棒，我記得作曲的是……妳嗎？」他看向現場唯一的女孩，豎起大拇指。「聽得出來平常就有做很多的練習，我相信妳拿得出手的創作應該不止這首，但我想說的是，這首歌非常適合你們，就連你們剛進來的那一瞬間，我第一眼看到你們就覺得這首歌只能你們唱了。」

「謝謝！」讚美如浪潮般迎來，在宥亭心裡碎成澎湃的浪花。

「就團體來說，整體呼吸很合拍，不管是音樂性、韻律感，還是主唱領導的方向都渲染了一種積極陽光的氣氛，不過……」他拍了拍允書的肩膀。「主唱大人發音不是很好啊！你是外國人嗎？日本……不對，韓國？」

「是的。」允書應答，看起來還沒完全卸下心防，有點閃躲的感覺。

「沒關係，我會陪你奮鬥一整天，他們也會陪你奮鬥一整天！」語畢，他起身，向詠燦招手。

「鼓手來，告訴我你的鼓該怎麼擺會打得舒服一些。」

這裡是柳東明的個人工作室，不是特別寬敞但設備齊全。依據比賽規則必須呈交演奏錄音，在這裡做不到同時錄製，在分開錄製的情況下，東明下足了功夫指導團員們在錄音時要注意的事項，一遇到需要調整的地方就會立刻提供協助，遇到需要糾正的觀念時就會適時地給出建議，一遍又一遍地幫助團員們錄出最好的作品。

他的耐心和專注也影響了五人，剛開始的手足無措在短短一小時後即能暢通無阻地表達自己的想法，會主動要求多錄幾次直到呈現出想要的感覺，甚至對象是難以運用語言溝通的允書，也能藉著觀察他的表情和肢體去了解他的需求，在團員的幫助下，允書也能聽懂東明希望他做到的標準，尤其是發音咬字方面。

一整天下來，真是充實的一場合作。

當錄音完成時，六人都露出心滿意足的神色。

「我發現我用一天的時間愛上你們了……」東明喝了口茶，半倚在他的老闆椅上看著面前的年輕人們，他不是開玩笑，卻讓他們都笑得樂不可支。

他在接觸的過程中了解到他們組團的由來，也清楚他們只是一個剛成立不到一個月的樂團，多多少少能夠從他們彼此交談間感受到些許生澀，但就音樂上來說，無論是實力、默契還是其他需要長時間培養的特質來看，他們的契合度堪稱奇蹟。

然而，他也看得出來，隊長宥亭起了很大的作用，她的觀察力敏銳，做事也相當有原則，不斷嘗試做團員之中的調和劑，這種調和劑並不是和事佬，而是當團員們意見相歧時引導他們理性溝通。東明不禁想……如果今天一整天所看到的一切是他們平常就這麼做的，那麼一個月的連續下來，這五人養成的默契就真的是下過苦功，這栽培下來不得了。

因為他相信音樂向來都是誠實的。

「隊長，我覺得妳很有創作天賦，要不要考慮跟我一起工作？」將完成的檔案交給宥亭，東明提議道。

大概是東明玩笑開得多了，宥亭沒有當真。「謝謝，我還是想跟團員們在一起。」

「青春哪……」東明仰頭將茶一飲而盡。「欸，對了，你們不是沒有練團室嗎？如果初賽通過了，我這邊免費借你們練習，這樣你們想練通宵都沒問題！」

「真的假的！」辰禹第一個跳起來，這簡直是這陣子以來最棒的消息！「哇，大哥你真的是人好得不可理喻耶！」

「是無法言喻。」詠燦將他扯回椅子上。

他們窩在爵管教室裡總是得東配合、西配合，練習時間只能壓縮再壓縮，無法撒手專注的情況太多，這下有個場地實在是再好不過！

「沒關係嗎？這樣會不會很打擾你？」面對這位初次見面的陌生大叔，儘管這位陌生大叔人好得無法言喻，呂澤依舊有所顧慮。

「不會，我平常錄音的工作量不多，在白天就能夠完成，你們放學後可以來這裡練啊！」東明苦笑。「老實說就是沒什麼客人啦，你們可以放心練。」

「好的，那就先跟你預約這裡練習囉……前提是我們得通過初賽才行。」宥亭將檔案收好後站起身，這次合作即將告個段落。「謝謝你！」

「謝謝！」團員們也紛紛致謝。

「辛苦您了！」允書深深一鞠躬。

「我是覺得就算沒過也可以常常來這裡玩啦！」東明搔搔頭，早已不知道有多久沒聽到這麼真誠隆重的感謝。

然而，他們都沒有想到，當下次再見面就結下了長年的緣——

幾週後，「YouRock!」順利突破初賽，五人在圖書館電腦前強壓欣喜若狂的情緒，悄聲擊掌慶祝。

複賽會將錄音公開在影音平台上供觀眾投票，票數將結合現場演出的分數……對臨場表現要求極高的現場演出，成為他們全新的挑戰。

＊＊＊

喀！

轉動鑰匙的聲音在空蕩的樓梯間迴盪，讓開門的允書更加小心翼翼。夜已深，最近總是練得特別晚，他輕輕地闔上門，正想要偷偷穿過昏暗的客廳回房時，燈亮了。

「給我站住。」河母站在走廊邊，流利的韓語中還帶點台式口音。「你爸加班，你也給我加班啊？」

她抱胸看著眼前面露疲態的兒子，無法理解他每天早出晚歸，把自己弄得這麼累是做什麼。

「媽，早上不是說了嗎？我晚上要練團！」允書口氣有些不耐，站姿倒是恭敬。

「練什麼團需要給我練到半夜才回家？」河母目光撇向他背上的吉他。「又是搖滾！又是搖滾！河允書，我讓你來這裡念書不是讓你來玩的啊！」

「我沒有玩！我是代表學校去比賽！」他嘗試解釋了很多遍，可是母親總覺得他是在玩樂，他不懂，母親什麼時候才能稍微理解自己？

「就算是這樣好了，你有沒有先顧好自己的成績？」河母展開手上慘兮兮的國文考卷。「不及格啊！河允書，你對得起我嗎？」

「媽！你又進我房間！」允書忍無可忍地回嘴，上前幾步抽走考卷，回房摔上門。

「你那什麼態度？我是你媽怎麼不可以進你房間……河允書！」河母跟在後面怒吼，門另一邊的兒子卻無動於衷。

她嘆了口氣走進廚房，那鍋剛熱好的湯還擱在瓦斯爐上……

房內的允書隨手丟了東西，把自己也甩在床上，攤開那張慘不忍睹的國文考卷，背面還歪歪曲曲地寫著「YouRock!」。

他不是不想把書念好，中文是母親的語言，他很想學好，可是對他來說就是這麼不熟練，想起錄音時東明說過的話，其實他聽了也不好受，越急著想進步，就越是原地踏步。

咕嚕嚕……

練習時消耗的能量讓還在生長期的他很快就餓了，他起身倚著門板，確認門外沒有動靜之後才出去，躡手躡腳地來到餐廳，餐桌上擺著一鍋湯、一副碗筷……

湯未入口便滿嘴酸澀。

週末，「YouRock!」聚集在東明的工作室裡，正在各自做準備。呂澤和詠燦在對拍子，辰禹和

宥亭討論吉他獨奏的變化，唯獨允書一個人蹲坐在角落盯著注釋得密密麻麻的筆記，嘴裡念念有詞。

「都差不多了吧？我們先合幾次看哪裡還需要調整的。」宥亭走回琴邊，聲音集中了大夥的注意力，除了允書以外。「河允書？」

「是！」他突地站起來，沒搞清楚狀況。

「練習囉。」呂澤遞上麥克風，推著他走到中間。「有問題就停下來沒關係，還不趕進度。」不，說好聽如此，但允書也清楚距離複賽已剩不多時間。

預備拍後樂音齊下，鮮豔明朗的鋪陳讓人愉快，這份愉快卻在允書錯過進歌點之後突然消為寂靜。

「啊……對不起，請再來一次。」允書低著頭，誰都看不清他的表情，他拿起筆在開頭處畫了顆星星，這已經不是第一顆。

「好，從頭再一次。」宥亭向詠燦點點頭，讓他再打一次預備拍。

練習繼續，這次允書成功進入歌曲之中，看似一切順利，卻說不上是哪裡漫延出微弱的異樣，讓人不得不在意，宥亭嘗試做了很多調整，那隱約的違和感仍然沒有消失。

「老大，你第一次副歌後面的間奏好像沒有跟鼓對齊耶，我合上去的時候總是有雜音。」休息時間，辰禹拿著譜湊到呂澤身邊。

呂澤眉間微微皺起疑惑。「抱歉，我剛剛那邊第一個音彈錯，後面就落掉了。」得到解答，辰禹豁然。「喔！原來如此，沒關係啦老大。」

呂澤眉間的紋路擠得更深。「老大？」

「嗯，老大啊！」辰禹笑得沒心沒肺。「你是最大的，我剛剛想了一下要怎麼叫你，我覺得老大順口。」

呂澤愣了愣。「嗯……可以換一個嗎？」被叫老大的感覺好像是什麼幫派分子。

「換一個呀？」就在辰禹沉吟的時候，出去喝水的宥亭回來了，他趕緊退回自己的位子。「讓我再想想。」

「喔。」其實不用刻意去想也沒關係，這不重要啊……呂澤感到莫名其妙。

再次展開練習，每個人都有些許出錯的地方，都有手滑車禍的地方，但剛才那種奇怪的感覺仍然存在，一遍又一遍的反覆尋找都沒有答案，越練越低氣壓，這讓宥亭有些苦惱，盯著樂譜思考了許久，時不時發出嘆息。

而這一聲聲嘆息聽在允書耳裡反倒添加了一層層負擔。他自己也錯了不少，尤其是發音咬字的部分，舌頭和牙齒好像失去了控制，總是找不到錄音時的感覺。

「嗚依……嗚銀？烏雲……」於是他利用時間，再次練習發音。「若、落……若四、是……ㄌ……不對，日、日止、日子……」

細微的呢喃聲傳來，宥亭抬頭看向蹲在牆邊的允書——她找到原因了。

她對其他團員做了個暫停的手勢，然後走向允書，示意他到外面去。

「又休息啊？」辰禹放下吉他，興高采烈的跑到呂澤身邊。「雖然思考的時間短暫，但是我想好了，我就叫你『大哥』！」

「哈哈哈……」不遠的詠燦大笑出聲。

呂澤聽了差一點碰摔了譜架，對眼前這個執著給自己取綽號的男孩感到萬分納悶。「不是，你這個跟剛才那個沒有差別啊！」

依然像幫派分子又沒什麼創意。

「這個也不滿意啊……」辰禹煞有其事地托著下巴，轉身時突然指著玻璃外面：「他們在幹嘛？」

小廳內，宥亭和允書並肩而坐，表情凝重。

在允書有限的表達之下，她開始體會他的難處。允書的母親在韓國的時候是個中文老師，對他的語言能力要求極高，允書儘管不太會說，但由於是媽媽的語言，他還是很渴望學會，現在也可以做基本的交流，生活上不成問題。可是來台灣後，課業上的學習並不盡如意，他聽不懂課堂上的內容，想跟同學請教也總是因為表達不順暢而碰壁；練團時也是如此，他常常無法介入討論，需要調整的地方也要換很多種方式說明才能了解，他認為自己拖慢了大家的進度，更不喜歡這種要別人遷就自己的感覺，覺得自己扯大家後腿，讓他對團員們感到愧疚。

「其實我才要跟你說對不起，我沒有注意到你的狀況。」

聽到宥亭的話，允書拚命搖頭。「不是的，我應該更努力練習！」

「你已經很努力了，可是只有你一個人努力不行啊……」她要他抬頭，看看早就跟著出來關心情況的團員們。「你總是盡全力跟我們說話，但是我們從來沒有盡全力跟你說話……」她停頓了一會兒，確認他有聽懂。「這樣好了！我們來學韓語吧！」

呂澤點頭，向允書比個讚。

「好啊！」無時無刻高亢奮的辰禹高舉雙手表示贊成。

「我覺得這提議不錯，其實我也很好奇這傢伙平常在碎碎念什麼。」詠燦伸手在允書頭上亂揉一通。

「學長！」允書壓住自己的頭髮抗議，對上詠燦得逞的笑，心情好了一半。

「喔不，我覺得要從稱呼開始學起！」辰禹不知道從哪裡變出一張紙，畫了五個火柴人，其中一個穿了裙子、打了蝴蝶結。「韓劇都有演，我記得叫什麼……『歐爸』！對，就是這個！你以後就這樣叫我！」

「我不要！那是女生叫的！」允書再次抗議，滿臉驚恐。

「真的假的！那要怎麼說……」

呂澤帶著無奈的表情向詠燦求救，他不懂這傢伙為什麼對暱稱如此執著，然而收到的只有愛莫能助的眼神。

「阿澤學長年紀最大，所以就叫他『老大哥』！」

「蛤？」聞言，呂澤驚喊一聲，完全不曉得自己錯過了什麼。「什麼老大哥？」

「哈哈哈哈……老大哥，這三個字都往數字大的地方跑啊，哈哈哈……」宥亭拍腿大笑。「阿澤，這個超適合你！」

「任宥亭！」呂澤扶額，無可奈何加重成生無可戀。「唉，算了，隨便……」

嘻笑打鬧的景象讓允書備感安慰，這種被理解的溫暖竟是從未體會過的——你不是一個人，你是我們的一份子，我們是一起的——宥亭想要告訴自己的，大概就是這麼簡單的道理。

「姐姐（韓語），」輕聲地，他第一次這麼喚她。「謝謝妳。」

宥亭豎起大拇指和食指湊上嘴邊，抿起好看的唇線。

＊＊＊

複賽現場人來人往，到處可見各所學校的代表，還有來回忙碌的工作人員們。「YouRock!」團員站在檢錄處前，一一拿出學生證。

「高三呂澤、高二任宥亭、高一李詠燦、郭辰禹、國三河允書……」工作人員攤開五人的報名表一一確認，隨後拿出號碼牌和識別證。「你們是倒數第二個出場，識別證不可以掉，不然無法進入會場，快輪到的時候會有人通知你們，所以沒叫到之前不要隨意離開待機室，這樣可以嗎？」

工作人員交代道，轉頭看見一臉懵懂的允書，又問了一次。「同學，你有聽懂嗎？」

「有！」允書回過神，點點頭，眼神卻透露出一絲心虛，慌忙向呂澤發出求救訊號。

「沒關係……」見他如此，呂澤輕輕拍肩安撫。「等下慢慢解釋給你聽。」

待機室通常都會有兩到三組參賽團隊共用，當他們終於找到待機室時，裡面還沒有人。允書幫大家卸下樂器，唯獨不幫辰禹，兩人面對面僵持不下。

「河允書，你幹嘛？」對於他一百八十度大轉變的態度，辰禹感到不解，自己擺好了吉他。

「幫忙放東西很委屈喔？」

「也不是……就是覺得有點被騙了。」

兩人的聲音偏大，引起其他團員注意。

「又怎麼了啦你們兩個？」宥亭上前關心，儘管平常也是這般打鬧，但她不希望在比賽前受影響。

「吉努，你又惹人家生氣喔？」

自從開始學韓語之後，「辰禹」二字的韓語發音成為了他本人的代號。

「我才沒有，是忙內自己發神經好不好？」辰禹也不能理解允書究竟在糾結什麼，滿臉冤枉。

「忙內！」允書抬起頭。「以後不要叫我忙內，臭吉努。」

「唉唷，怎麼不叫哥了？」詠燦聽出了異樣，表面很嚴肅，內心笑翻了，他知道允書生氣的原因，但他不打算說破。

「我今天才知道吉努哥……吉努跟我同年生啊！」允書指著辰禹，好像過去幾個月叫學長、叫哥讓他非常後悔。

話一出口，幾個人無語地笑了，紛紛退出這場幼稚的鬧劇。

「就算這樣我還是你學長啊！」

「我以後只叫你名字。」

「哈哈哈哈哈……」一直默默聽兩人對話的詠燦終於無法淡定。

「燦尼哥！你早就知道了對不對？為什麼不說啊？」

「你怎麼叫人家哥啊？我明明跟燦尼一樣大！」

「燦尼哥大我們一年啊！」

「你要叫我哥！」
「管你的。」
「夠了。」呂澤黑著臉拉開兩個幼稚鬼，大哥出面果然有效，兩人立刻安靜。「河允書，誰教你剛剛那句話的？吉努吧？」
允書氣鼓鼓地點頭，像塞了滿嘴食物的倉鼠。
「所以話不能亂教，害人害己，是吧吉努？」呂澤拎住兩人的後頸，逼他們面對面。「敢在我面前討論年齡，兩個都給對方抱一個，快點！」
「哥！」聽到「抱一個」，兩人同時大聲抗議。
「嗯？太簡單嗎？」呂澤挑眉。「那就抱一個然後說『我最喜歡忙內了』、跟『我最喜歡吉努了』，好來！」
在呂澤的脅迫下，兩人不得已抱住對方，五官全都皺在一起。
「我最喜歡忙內了……」
「我最喜歡吉努了……」
一場鬧劇結束，呂澤非常滿意地回到位子上。
「你這處理得太像幼稚園了吧？」宥亭見兩人還一副不情願的樣子，覺得可愛極了。
「沒辦法，兩個幼兒。」呂澤搖手表示不再繼續這個話題，側過頭低笑。小時候，大人就是這樣讓自己和宥亭和好的，也許她根本就不記得了。
「是這裡嗎？欸？已經有人咧！」一顆金毛探頭進來，見到有人立刻皺眉鄙夷。「什麼啊，我本來以為是空的，真沒趣。」

「是誰害我們晚到的還敢說。」另一個人進來，鮮紅色的頭髮讓人為之一震。

而更讓人震驚的還在後面，這整團七個男孩，正好一個人一種顏色，湊滿一道彩虹。

「YouRock!」五人目不轉睛地注視著他們，活像五隻被定格的小白兔。

「嘿，這裡有妹子！」金毛吊兒郎當地湊近宥亭，瞄到她胸前的校徽。「米亞中學？你們學校沒給你們金費嗎？演出服怎麼穿制服呢？真寒酸……」

近距離的對視中，宥亭絲毫沒有避開，反倒用微笑代替回答。

「對不起，冒犯了。」紅毛朝宥亭頷首，走過來扯住金毛的領子往後拖：「你給我過來。」

半路殺出來的金毛並沒有對五人造成多大影響，倒是讓無聊的待機時間多了些話題。

「南星藝校的『叛逆星球二代』……」呂澤翻閱參賽名單，壓低了音量。「去年的冠軍隊伍。」

「拿冠軍的是一代。」宥亭補充道：「去年的影片我看了，他們學校的風格不是這種視覺系啊。」

允書調整位置背對他們：「（韓語）頭髮顏色好多，有點可怕……」

「他們面目全非了嗎？」

宥亭和呂澤同時抬頭，用一種匪夷所思的表情盯著辰禹；詠燦掩面，再次為自己身為他的同學而感到丟臉。

「面目全非什麼意思？」允書沒發現異狀，拿出筆記本天真地問道。

「就是一個人的長相從頭到尾改變的意思。」

「郭辰禹，閉嘴啊！」詠燦摀住他的嘴。「忙內不要跟這傢伙學，這傢伙的中文有Bug！」

「啊，原來如此……」允書呆萌地眨眨眼，劃掉剛剛寫下來的筆記。

撥開詠燦的手，辰禹想到什麼似地眼睛發亮，神秘兮兮地附在他耳邊：「如果他們全部湊在一起，就會變OPEN醬耶！」

詠燦抽出鼓棒，迅雷不及掩耳地往他肚子上斬一刀，辰禹完敗。

或許是幾個玩笑讓情緒放鬆了許多，結束彩排之後，五人仍然保持著平常心，有的閉目養神、有的聽音樂、有的練習歌詞，直到工作人員急湊的腳步聲打擾了這寧靜的一切。

「『YouRock!』在哪裡？」工作人員站在門口呼喊，五人立刻舉手。「啊！就是你們啊，網路投票破萬的……麻煩準備一下，跟我到後台預備。」

話剛說完，立刻惹來南星藝校的注意，他們帶著詫異的眼神端詳那五隻看似無害的小白兔。

「投票破萬……」詠燦與宥亭驚訝對視，兩人都不敢置信。萬，終究是個天文數字，那到底是個怎樣的概念，套在自己身上竟有些暈呼呼的。

「這是在說有很多人喜歡我們嗎？」允書能夠清楚感覺到身體的顫慄，眼珠子慌忙地飄動，飄到辰禹身上。「吉努呀！」

「喔喔喔！真的假的！」辰禹抱著吉他上下跳動，興奮地踩著碎步，感覺立刻就要跑到舞台上去，完全鎮靜不下來。「啊啊啊，我現在全身都是動力啊！」

從待機室到後台的路上，到站在舞台側邊等待時，團員們士氣逐漸高昂，聽見台下觀眾的尖叫聲時更是內心澎湃。

「『YouRock!』準備上台！」

工作人員指令一下，五人便圍成一圈，手和手疊成小塔，相視而笑。

「不要逞強、不要受傷、不要想太多，舞台上只要全力以赴享受就好。」宥亭望著團員們的眼神充滿信心，在這個當下，除了這些也沒有必要再多說什麼了。

「一、二、三……You rock！」

這是「YouRock!」最初的舞台，他們站定，屏氣凝神。

輕快的前奏如大地的鬧鐘，喚醒小動物們探頭瞧瞧被雨洗過的天空，明亮的大調和弦撥開了烏雲，活潑歡快的節奏牽著太陽出來跳舞，鋼琴滑過的琶音好似和煦的光芒與小河一起奔跑，音符靈動而閃耀，清爽的歌聲展翅劃過天際，往夢想的方向，乘著希望的氣旋翱翔。

團員們自然不造作的神情，像山林野徑邊朝氣蓬勃的小花，在徐徐涼風中愉悅搖擺；又像飄揚晴朗笑容奔向大海的頑童，在寬廣沙灘上盡情追逐。那種享受與熱情如澄澈的鑽石，純粹得晶瑩剔透，穿過旋律映輝在現場每個觀眾臉上，他們彷彿也都收起五顏六色的傘，一起浸淫了褲管、踩碎了浪花。

青春，一如不膩口的糖，在此刻輕嘗，回甘在心囊，令人意猶未盡。

團員們在震耳欲聾的歡呼聲中下台，相望而不語，他們彷若從一場夢中乍醒，許久才回過神，欣喜之情全溢於言表。

「什麼？結束了？好想再一次！」

「好過癮！」

原來，這就是舞台。

宥亭回頭凝視剛才站過的地方，那裡絢麗光彩，可以讓最愛的音樂發光；那裡無拘無束，可以擁抱最渴望的夢想。

好想……一直站在那裡。

「不好意思，借過。」紅毛富有磁性的聲音打斷了她的幻想，領著其他六彩的團員們上台，金毛走在最後，轉身朝宥亭扯了張鬼臉。

***

「YouRock!」精采的表現讓他們以漂亮的高分晉級決賽，學校外牆上掛起大大的橫幅炫耀，遠遠就能看到它在那招搖。

有人把他們表演的的片段上傳到社群網站，被迅速轉載開來，因為不花俏、清新的外型加上堅韌的現場功力，而被稱為「治癒系實力派樂團」，一夜之間人氣暴漲，開始有不少粉絲守在校門口只為一睹團員們放學的風采。

「欸嘿，(韓語)『閃亮小酒窩河允書』……」還沒走到校門口，辰禹便發現幾個別校的女學生拿著手幅站在那裡。「來我看看！」

「你也有啊！」沒推開辰禹戳上臉頰的手，允書反而笑開了花。「『吉他王子郭辰禹』……不是大王嗎？阿澤哥說你在吉他社很多人喜歡！」

「他為什麼要告訴你這個啦？」辰禹抱頭丟臉了一圈後搭住允書的肩，儼然一副人生前輩的姿態。「我跟你講啊，大王對我來說已經是謬讚了，這些多出來的頭銜我們不可以太得意，這樣會招人討厭。」

「居然沒誤解『謬讚』的意思，果然成語之外的詞都不會用錯。」詠燦悠悠哉哉地經過兩人，捲起國文課本往辰禹頭上敲。「但是該帶的不帶，所以說你的中文會成為Bug都是有原因的。」

「嘶……我不是你的鼓啊！痛死了……」一手摀住痛處，一手撿起課本，辰禹這下徹底了解鼓手的手勁有多麼強而有力。

「我也不希望你是我的鼓，聲音太難聽了。」詠燦給允書一根棒棒糖，用棒棒糖來擊掌。「AYO！屋哩忙內（我們老么）！」

「燦尼哥，『喵讚』是什麼意思？」允書掏出他的小筆記本，上面密密麻麻全是學習紀錄，剛開始歪七扭八的字晝已經變成書寫工整的字體，可見苦功。

「是『謬讚』，來我寫給你。」

詠燦對於這種積極向上的精神非常欣賞，因此特別喜歡允書。自從開始互相學習語言之後，團員們都會在練習空檔做允書的課業小老師，今天更是特別，團員們受邀到允書家裡作客，河母想要感謝他們兼慶祝晉級決賽。

「怎麼只有我們三個？姐他們呢？」辰禹從後方追上走遠的兩人，三個人站在圍牆內看著外面已經發現他們的粉絲，有些進退兩難。

詠燦拿出手機滑開群組，正好看見阿澤傳來的訊息，道：「他們在超市買水果。」

「喔……」辰禹本不以為意，幾秒後才覺得不對勁。「那他們怎麼出去的？」

總之，不管宥亭和呂澤怎麼出去的，最終五人還是聚在了允書家裡，河母大展廚藝煮了許多好菜，熱情款待他們。五人目瞪口呆地看著一大桌香味撲鼻的菜餚，還沒開飯就猛吞口水。

「阿姨，需要幫忙嗎？其實已經很豐盛了，感覺可以吃很飽。」宥亭走進廚房，先把手洗乾淨再接過河母手上的水果，熟練地切成拼盤。

河母想要拿回東西卻攔不住她，只得笑道：「唉呀，阿姨來就可以了，怎麼可以讓客人動手呢？」

「沒關係啦，我能幫的也只有切水果了，再不快點的話，外面那些人都快被口水淹沒了。」宥亭示意河母看看外頭，幾個大男孩圍著餐桌像極了嗷嗷待哺的雛鳥。

「哪有，妳幫忙我們允書太多了，我其實不反對他玩音樂啦，可是功課要顧好啊，那小子從來不會想那麼多，吼，都不知道我有多擔心。」河母的嘮叨是所有父母親共有的煩惱。

「大家都有互相幫忙啦，允書是我們重要的團員，我們也都把他當弟弟看，他真的很可愛也很努力，吉努老說想要咬允書的臉，兩個人像磁鐵一樣每天黏在一起……像阿澤啊，他表面上雖然酷酷的，但是只要允書一撒嬌他就受不了，什麼都依著他……還有上次比賽的時候，允書發現吉努跟他同年出生，就不願意叫他哥哥，阿澤回去之後猛跟我說他覺得允書超可愛，我發現他好像對可愛的東西毫無抵抗力……啊，總之允書真的很可愛啦。」宥亭滔滔不絕的樣子讓河母想起木訥的兒子，如果允書說起學校的事情也能這麼眉開眼笑該有多好。

「妳也很可愛啊！當妳媽媽真好。」河母對眼前女孩投射欣慰的目光，只覺得窩心得惹人疼愛。

「我在我媽面前也是很懶惰的女兒，您如果可以跟她聊聊，她一定能說很多我的壞話。」宥亭將刀子和砧板清洗乾淨，又用保鮮膜包住水果盤。「先放冰箱就可以了喔？」

「對對對……」河母打開冰箱，想著兒子跟在這樣的團員身邊也能夠完全放心了。「孩子們，開飯啦！」

「喔耶！」

不論再怎麼懂事的孩子在父母面前永遠都是需要保護、擔憂的對象，當孩子們勇敢地往目標奔跑時，儘管會受傷、會挫折，做父母的仍然只能默默地守護著、支持著，這或許就能成為他們堅持下去的動力——河母想到這裡，伸手給每個孩子都夾了菜。

一支手機被狠狠摔在床上，「YouRock!」的好評不斷，對蔡宜景來說可不是什麼值得高興的事，要是自己也入選團員的話，現在這些榮耀和名利都會是她的，她不服，都是因為任宥亭眼光不好。

她來到父親書房前，門也沒敲就直接闖進去。「爸！」

蔡廣成早已習慣她的魯莽，只瞥了一眼，便繼續忙自己的事。

「這次熱音大賽的優勝者是不是會簽入我們公司？」蔡宜景壓著辦公桌，活像是來質問犯人的。

「對。」蔡廣成這次抬頭正視她的眼睛，女兒鮮少問起公司的事情，這讓他有些意外。「有什麼問題嗎？」

「如果『YouRock!』得到第一名的話，不要簽他們！」她眼底的固執尖銳如刺，瞳孔溢滿了嫉妒。

蔡廣成的EJIN娛樂是全台娛樂經紀的龍頭，也是本次大賽的主辦公司。

「『YouRock!』不是你們學校的代表嗎？上次最高分的隊伍。」他對比賽的進展略有耳聞，但對女兒的反應很是不解。「如果他們真的拿到第一名，我也沒辦法不簽他們，這是合約。」

「真的非簽不可的話，少掉幾個成員沒關係吧？」

過多的嫉妒會點燃邪惡的念頭，念頭將成為錯誤的火苗，星星之火足以燎原，稍不注意就會走火入魔。

蔡廣成看出了女兒的小心思。「妳知道我從不違反市場的選擇。」

蔡宜景心知得不到想要的結論就沒有追問下去，轉身離開。

蔡廣成沉思了一會兒，拿起電話打給新人開發組組長：「是我，明早給我『YouRock!』全員的資料……」

公寓一樓，河母有些不捨得團員們離開，堅持要送到公車站。

「阿姨，不用送了啦，我們可以自己回去。」宥亭笑著握住河母挽著自己的手，想讓她放心。

「好啦，啊你們保護好宥亭嘿，路上小心知道嗎？」看孩子們婉拒，河母也不再堅持。「到家了給允書傳訊息。」

「好，阿姨再見！」團員們跟河母告別，等他們走遠了，河母才上樓。

廚房內，允書正在清洗晚餐的碗盤，本來在哼歌的他聽見母親進來的聲音便立刻安靜。

「（韓文）怎麼不繼續唱了？」河母捲起袖子剛要幫忙就被允書擋住，乾脆站在一旁。

「媽不是不喜歡聽嗎？」冷著語氣，人前的軟萌少年在母親面前也會變成一根木頭，前陣子和母親吵嘴讓他內心有些歉疚，卻拉不下臉道歉。

「現在都用中文跟我說話了呢……」河母柔和了聲調，摸了摸兒子柔順的髮絲。「猴死囝仔。」

允書輕嘆口氣，悄悄下了決心——明天開始要跟哥哥們學台語了。

＊＊＊

東明的工作室內，五人呆坐在小廳裡，面面相覷、一語不發。

決賽主題——「Dream」，題目一出來，他們就陷入深淵般的苦惱。比賽規定要演奏一首全新的原創曲目，但他們的創作資歷尚淺，即使有負責作曲的宥亭在，在這麼短的時間寫出一首能夠在舞台上定勝負的曲子也不是件容易的事，風格、方向等大主題都得先決定下來才有辦法落筆，現在卻毫無頭緒。

這已經是他們呆坐在那裡第三個小時了，東明本想開口給點提示，好多次都忍了下來。

「好難喔……」辰禹托著臉頰，兩眼無神地把玩詠燦的鼓棒。

無數的拋接之後，詠燦搶回鼓棒，狠狠瞪了他一眼，不理會他的委屈。「姐，妳有其他已經寫完的曲子嗎？」

「有是有……但是感覺都不太符合這次的主題啊。」宥亭打著哈欠含糊地說道，一手輕揉太陽穴，長時間的思考已經消耗了不少精神體力。

「我想聽聽看，我們可以一起編曲、寫歌詞！」允書眼睛一亮，雙手在空中不知道比劃什麼。

「其實不管是什麼樣的曲子，我們都只要唱出我們自己就可以了不是嗎？比如說我們各自的故事，為什麼喜歡音樂……幹嘛這樣看我？」

「忙內你中文是不是進步了？」辰禹帶著微笑，他的問題不是問題，而是肯定。

「我為什麼覺得有點欣慰？」宥亭笑彎了眼。那個剛開始連發表意見都會看眼色的河允書，現在已經可以順利的加入討論。「啊，真好……」

呂澤伸手揉揉他的頭髮：「我覺得這個想法很好，看在忙內第一次話講這麼多的份上，任宥亭妳就去吧！」

將隨身碟交給東明，宥亭在他的協助下將未完成的作品播放出來——這是一首中板的抒情曲，行進般的鋼琴伴奏，加上宥亭清新的嗓音，彷彿在炙熱豔陽下赤腳踏進沁涼溪水，樹林枝葉間拂過清風，颯颯聲響之中吹著蟬鳴。

當空氣回歸安靜，沉默又在五人之間蔓延，只是這次他們各自掛起微笑，有興奮、期盼、沉著與希望。

「好像很適合一邊走路一邊唱的感覺，走著走著會很放鬆的歌。」許久，詠燦說道。

「對對對！而且是夏天的路上，雖然熱但一直有很涼的風吹過來。」辰禹也有共鳴，接著說：「我剛剛想到暑假回外婆家，待在電風扇前面吃西瓜的畫面。」

「我想到星星！在特別安靜的晚上看星星……」允書也點點頭，說出自己的看法。「（韓語）然後一直被蚊子咬！」

「哈哈哈哈……」

如此熱絡的反應是宥亭想都沒有想過的，她無所適從地扯了扯呂澤的袖子。

他輕輕回以一笑。「我覺得這些零碎的畫面之所以會讓我們感到快樂，是因為它帶給我們美好的回憶，」他環顧團員們，一一望進他們的眼睛：「音樂也是這樣，夢想也是這樣，『喜歡』是一種很純粹的情感，它有時只是一種直覺、一種感動、一種說不上口的本能，不需要什麼理由……」

最後，他將目光停在宥亭的眼睛裡。

宥亭感激地朝他眨眨眼，呂澤總是能夠整理好大家的思緒，這是她一個人做不到的。「也許哪天會改變，至少現在我們還喜歡著、還擁有熱情，我們可以嘗試把自己內心深處的這種心情唱出來。」

夢想是很奇妙的東西，總有那麼一瞬間，會為了它激動、沸騰、流淚，會為它堅定腳步，為了它在最痛苦的時候抬頭，為了它在最安靜的時候突然樂不可支——那就是喜歡、那就是夢想、那就是自己。

或許在抽屜裡，或許在口袋裡，或許在書桌底下、在枕頭底下；或許當經過街口的雜貨店，抬頭仰望電線上的麻雀；或許當停在人行道邊等紅燈，俯首凝視鞋緣的泥土——那份喜歡、那份夢想會在最不起眼的一隅，與最平凡不過的自己邂逅。

曲子定了之後，五人開始著手編曲和寫詞，這次每個人都有自己獨唱的段落，就連中文表達能力不是很好的允書也挑戰用最簡單的句子寫出自己的心情。他們不時交流分享、互相砥礪，越來越能夠理解彼此的立場和感受，曲子逐漸完成，他們也逐漸緊密在一起。

什麼是擁抱夢想最透明純粹的力量，東明在他們身上看到了。

接下來的日子，團員們全心投入練習，放學後往爵管教室跑，假日窩在東明的工作室，沒日沒夜、廢寢忘食，長時間的練習很辛苦，他們咬緊了牙關，扶持彼此、鞭策彼此，相信努力不會說謊。一天天過去，編曲逐漸成形、歌詞也有了大概，一切都在預計的進度內，即使如此，他們也沒有慢下腳步，抓緊時間修改字句、修整旋律、交換意見，一刻也不敢懈怠。

「休息一下，來吃晚餐！」宥亭提著兩個保溫袋走進工作室，將團員們招集到小廳裡。「晚出來的沒有飯吃我不管喔！」

早就餓壞了的團員們一窩蜂衝到桌邊，香噴噴的食物總是能使這群執著的練習蟲放下樂器。

「哪買的便當啊，這包裝太高級了吧？」辰禹拿出鐵製的便當盒，意想不到的包裝讓他眼睛一亮。「有我的名字耶！」

事實上，每個便當盒都寫上了團員們的名字。

當大夥各自尋找自己的便當盒，只有詠燦呆愣在原地，宥亭將屬於他的那份交在他手上，用笑容解答他滿臉寫著的「莫非」。

「這是燦尼媽媽做的便當、吉努媽媽做的仙草蜜、忙內媽媽做的果凍、阿澤嬸嬸滷的雞腿，還有我爸切的水果……東明哥你也有喔。」宥亭將保鮮盒一一打開，一桌子全是來自父母的食物應援。

本打算大快朵頤的團員們紛紛放下筷子，表情複雜地望著滿桌子好菜。

「你們幹嘛都不開動啊？涼了就不好吃了，孩子們……」東明打開自己的便當，精緻菜色媲美高級餐盒令人食指大動。他抬頭吆喝大家吃飯，卻見那一個個低頭啜泣的稚氣臉龐。「這麼美味的菜，你們難道要配眼淚吃嗎？」

有時候綠豆芝麻般的支持，也會讓滾燙淚水灼傷臉頰，尤其那些渺小的種子落在內心最柔軟的地方，有點癢、有點刺、有點酸、有點澀、有點抱歉、有點感動，這種感覺沒辦法用任何話語表現，索性從眼眶裡爆發出來。

「宥亭啊，這些傢伙處理一下。」東明拿這些孩子沒辦法，只好找還算平靜的隊長幫忙。

宥亭剛擺好飯菜，又忙著分發衛生紙，冷靜得就像是早就知道了一樣。「好了啦，吃飯吃飯……」

團員們擦掉淚痕，難得安靜乖巧地品嘗這份無條件的愛。

追夢的道路上，往往會對家人感到愧疚，明明是自己想要的東西，卻讓他們付出了太多，當腿痠了、心累了，只要回頭，他們依舊在目光所及之處，做最令人心安的後盾。

所以無論如何都想成為讓他們驕傲的人啊。

「我好像第一次看你哭。」餐後，詠燦主動留下來幫忙收拾碗盤，宥亭這句話並不是想調侃他，只是沒想到一向沉著的詠燦竟然也有無法控制情緒的時候。

「我媽什麼都沒有跟我說……」

「很多時候爸媽全都看在眼裡卻說不出口吧。」宥亭將洗淨的便當盒擦乾。「尤其是你媽，我跟她通電話的時候，她總是拜託我多留意你有沒有什麼需要，只要她能幫忙就一定會幫忙……可是不論我怎麼找，你都好像不缺什麼，既能夠做好自己的本份，又有能力去幫助其他人，我開始體會你媽的感受，因為你太不讓人擔心了。」

詠燦沉默了一會兒，在洗完最後一個便當盒時，突然停手。「妳知道我媽電話？」

宥亭頓了頓，隨即笑了起來。「我有你們每個人爸媽的電話。」拿過便當盒，她若無其事地擦拭，彷彿這不需要驚訝。「上次忙內媽媽邀請我們吃飯的時候，我就想到了，我們這樣埋頭苦幹，如果什麼都不告訴家人，過度的不理解就會變成強烈的反對，像忙內和他媽媽那樣，做孩子的不了解父母的擔心，父母也不會知道我們對自己的夢想有多認真，何況你們幾個大男生不容易把心事講出來，所以我就不時聯絡他們一下，談談我們最近的進度，或是向他們請教該怎麼掌握你們這些不受控的瘋子。」

「姐，妳為什麼……」

「放心，你們胡鬧闖禍那些我都沒有告狀，我只是告訴他們，你們很容易餓。」

詠燦欲言又止，看著她的身影沒入練習室門後。那瘦小的肩膀到底扛了多沉重的擔子？用「隊長」二字為她加冕，光榮頭銜的背後到底需要為多少事情負責？她要考慮的好像比自己想像的還要更多。

總是毫不在乎的自己，好像應該開始多在乎一些了。

＊＊＊

終於迎來決賽，五人一到現場就被滿坑滿谷的粉絲給嚇了一跳，尖叫聲、應援牌、螢光棒，甚至還有人穿著與米亞中學相似的制服，模仿五人初登場時的樣貌，熱情激動得讓五人愣在原地不敢亂動，還是保全人員引導之後才成功進入會場。

「米亞中學『YouRock!』對吧？請示出學生證！」檢錄區的工作人員瞇出笑眼，與上次生硬的口氣不同，甜美了許多。

團員們相互對望，露出不明所以的眼神。

確認了身分後，工作人員仍舊維持著花一般的微笑。「這是你們的號碼牌和識別證，一樣不可以弄掉，不然沒辦法辨識身分。你們是壓軸演出，等等準備好了就可以跟我們說，我們會帶你們去彩排。」

「忙內，你都有聽懂嗎？」詠燦問向還有些迷茫的允書。

「等一下，他應該在自我消化中。」宥亭阻止團員們向他解釋，因為他眼珠子轉啊轉的，應該有好好聽進去。

「我講太快了嗎？我可以放慢再講一次喔！」意識到自己說得太快，工作人員的語氣更加親切、輕緩。

「啊，我有聽懂，謝謝姐姐！」腦內翻譯完畢，允書朝工作人員鞠躬，酒窩燦爛的掛在臉頰上，隨後跟著團員離開檢錄區。

「要命……超可愛的啦！果然投票給他們沒有錯。」工作人員雙頰開出鮮紅小花，整個人一副就要融化在椅子上的感覺。

「小迷妹，醒醒，我們在工作！」旁邊的其他工作人員忍不住大笑，推著她起身繼續檢錄下一個隊伍。

決賽只有五個隊伍晉級，每隊都能擁有自己的待機室，甫一開門，辰禹和允書便衝到沙發上，其他人則是慢慢地卸下行囊。

「吉努呀，小心你的吉他！」宥亭像媽媽給孩子換衣服似的把吉他從辰禹背上摘下來收拾好，又拿抱枕砸向另外一邊的允書。「忙內，頭髮亂掉了啦！兩個都給我起來！」

「好——」聽這拉長音的應答方式絕對是幼稚園小朋友無誤。

詠燦無奈掩面，這已經成為他的習慣動作了。

「今天來現場的觀眾到底是上次的幾倍？」呂澤站在窗邊正好可以望見會場外大排長龍的觀眾，雞皮疙瘩立刻又冒出頭。

「不知道，聽說這裡全部開放的話能容納不少人，」詠燦也湊到窗邊看。「等等就知道了。」

「趕快準備準備，等等出去彩排。」宥亭剛處理好兩個過動的小孩，隨意豎起馬尾正要去向工作人員報備。

「（韓文）姐姐好像媽媽。」允書抱著枕頭，看著有些疲累的宥亭走出待機室。「（中文）我們好像『猴死囝仔』。」

靜默、凝滯，所有目光都像被磁鐵吸住般吸附在允書身上。

「哈哈哈哈……」三秒後，辰禹再次笑倒在沙發上。

「喔……」詠燦掩面，回頭往辰禹背上就是一掌。「你教的吼？」

「不是我啦哈哈哈哈……」

「孩子，你是不是對『猴死囝仔』有什麼誤解？」呂澤忍著笑來到允書身邊，勾著他的肩想一問究竟。

「不是可愛的孩子的意思嗎？」允書伸手摸了摸呂澤的頭髮，特別認真的說明。「我媽一邊這樣子一邊這樣叫我。」

「到底是哪樣？」詠燦制住笑到無法停下的辰禹，自己卻控制不住嘴角。「阿姨啊，小孩不要亂教啊！」

剛才還沒反應過來的呂澤突然起了頑皮心：「我懂了，因為摸頭頭，所以你就覺得是可愛的孩子的意思嘛，那哥教你……」

「摸頭頭？」詠燦小聲吐槽，五官皺在一起。「哥不適合。」

「『猴死囝仔』可以很可愛，也可以很兇、很帥，你跟我說一遍……」呂澤表情猙獰，佯裝凶狠地指向詠燦：「哩幾咧猴死囝仔！」

允書照著樣子做了，奶兇奶萌的：「哩幾咧猴死囝仔！」

被指的詠燦一臉莫名其妙；辰禹則直接笑到岔氣：「哈哈哈……」

通報回來的宥亭看到眼前亂七八糟的景象，正色靠在門邊，等他們什麼時候才會發現自己。男孩們玩了一會兒，才發現默默站在門口的宥亭，嚴肅之餘貌似還有些怒氣。

「我剛剛有請你們做準備吧？平常打打鬧鬧也就算了，今天什麼日子？很有把握是不是？很厲害是不是？知道外面有多少人嗎？注意力集中點行嗎？」

「對不起啦，我想說讓大家不要那麼緊張，就跟他們玩起來了。」呂澤走到她身邊，雖然自己沒少看過這張過於較真的表情，但心知自己有錯，他回頭用眼神示意弟弟們道歉。

「姐姐……」允書第一個跑上前，擠出小酒窩想用撒嬌讓宥亭消氣；辰禹則是被詠燦巴著頭道歉：「對不起，我們太鬆懈了。」

宥亭舒出一口氣，又緩又深，不這樣做她好像就會哭出來，不知道是自己太不喜歡團員散漫的態度，還是自己太鑽牛角尖，他們的道歉聽起來太尖銳，刺得雙眼泛紅。「……準備一下要去彩排了。」

等她再次出去，辰禹立刻甩開詠燦還壓在頭上的手。「我們只是想放鬆一下啊，用得著那麼生氣嗎？」

「她可能太緊張了，你就稍微理解一下吧。」呂澤拿起貝斯，順便把吉他掛在辰禹肩上，柔聲安撫。

「哥你總是站在姐那邊，什麼時候才換邊啊？」辰禹賭氣繞過呂澤，絲毫不理追在身後的詠燦。

「阿澤哥……」允書剛剛沒敢說半句話，現在見團內氣氛如此，更不知所措。

呂澤朝允書一笑，抬手揉亂他的頭髮，想藉此消除他的不安。「沒事了，走吧。」

一行人走向會場作準備，宥亭和呂澤正在跟工作人員確認走位，詠燦則在調整鼓架的位置，辰禹和允書一上台便對全新的舞台搭景充滿好奇。

辰禹驚奇地指著舞台前方的軌道和遠處的吊臂。「哇，攝影機比複賽的時候還多！還有延伸舞台，看起來超高級的！」

「燈光後面的是什麼？」允書也到處東看西看，拉著辰禹問正前方座位區中間的光點。

「喔！那是貓頭鷹！」辰禹兩手圈在眼睛邊。「嗚——」

「最好是啦，哈哈哈……」意料之外的答案正中允書笑點，笑著笑著就發現宥亭的怒視，立刻住嘴。「喔不，姐在瞪了。」

「兇什麼兇……」辰禹喃喃叨念，皺著鼻子回到定位。

團員們各自揣懷不同的心情進行彩排，面對觀眾尚未入場的空蕩座位、面對團內四分五裂的氣氛，集中力被打擊渙散，讓慌張與迷茫洶湧趁機灌入，將毫無心理準備的他們吞沒。

呂澤唱Rap時落詞、詠燦錯拍，就連一向穩定的允書和辰禹也出現合音不平衡的問題，宥亭雖然沉著地完成自己的部分，卻飽受監聽耳機裡的嘈雜轟炸，擺手讓彩排暫停。

「大哥們對不起，我修理一下我們團員。」說完，她關掉麥克風，將團員們聚在台前。

「剛剛那種樣子你們滿意嗎？」她板著臉，不亞於在待機室裡的肅怒。

「明明是妳先發火破壞氣氛的，怎麼現在還反過來怪我們？」辰禹翻了個白眼，將滿肚子委屈大吼出來。「難道在待機室裡面想放鬆也不行嗎？還是連應該要有什麼表情都妳說了算？」

戰火一觸即發，詠燦拉住辰禹。「你不要說了……」

宥亭緊咬著唇，握拳的手微微顫抖，環顧團員們失去笑容的臉龐，眼眶突然一陣酸澀。「對不起，的確是我先亂發脾氣，是我態度不好，對不起……可是我真的很不喜歡這樣的我們……」

「當台下全都填滿了人——讓我們能繼續站在這裡表演的人，他們會怎麼看我們？你們想令他們失望嗎？還是你們希望過去的努力全都付諸流水？」她深吸一口氣，壓抑著情緒，試圖使腦袋保持理性。「難道嘻笑打鬧感情好就是一個Team嗎？不是放鬆不好，而是太放鬆就不好了，看看我們剛才的狀態，像個團隊、像有音樂嗎？舞台上不需要精神散漫的人，沒有覺悟，就不要期待觀眾能夠看到我們的付出。如果在這最後關頭放鬆了，我們都能問心無愧地說自己盡了全力嗎？」

「捫心自問……」她抬起纖細的拳頭，一人一拳重重地砸在胸口。「我今天站在這裡是為了什麼？」

愛之深、責之切，宥亭的淚全懸在眼眶，如果不是「責任心」使然，她或許還能放過這幾個可愛的團員，開開心心跟著玩鬧接下來的舞台，可是舞台就是必須帶著責任心的地方，說穿了這世界沒有一個地方是不需要責任心的，尤其對待自己熱愛的東西，一瞬間的散漫都可能導致後悔，她很愛這個團隊，很想跟這個團隊一起走下去，就算今天的結果不理想，也要做出不後悔的舞台。

「對不……」

「不要跟我道歉，請做好你的表演、做好你自己。」她伸出手，這次與以往不同，她手掌向上，讓團員們的手壓在手掌上方，自己的另一隻手再從上方包覆，她緊緊地握住他們，奮力地想要碰到他們每一個人的手指。她願意做最外面的那一個，張開雙手承受他們夢想的重量。

彩排並沒有再開始，團員們只用剩下的時間調節音量就下台，比起剛才的迷惘，現在已然明朗許多。

走廊上，他們與南星藝校再次相遇，七彩的髮色依然炫目，一如他們的風格。宥亭跟在隊伍後面，輕輕地向紅髮隊長頷首，就在擦肩之際，紅髮隊長拉住她的手臂，微微彎腰：「聽著，這次我們會贏的。」

「如果不講求勝負，我會很享受你們的音樂。」宥亭撥開他的手，不動聲色。

她瀟灑地走遠了，紅毛轉頭看著她和她的團隊，若有所思。

恢復狀態的「YouRock!」回到待機室，正要做最後的準備，卻發現裡頭的不速之客。

「妳來做什麼？」呂澤並不好奇她怎麼會在這裡，倒是好奇她為什麼選這麼的微妙時間點出現。「我記得非團員不能進入啊……」

知道他拿自己親自下的禁令來堵自己的嘴，蔡宜景內心不悅，仍然輕笑。「基本上我想在哪裡、做什麼，沒有人敢說一個『不』字，學長不是最清楚了嗎？」

「是沒錯，不過我們要做準備了，可以麻煩妳出去嗎？」呂澤讓出一條路，逐客令下得明顯了。

「看來『YouRock!』也沒有什麼嘛，剛剛那個彩排是烏合之眾嗎？我真的很擔心我們學校能不能贏耶……」蔡宜景兩手一攤，笑容很美、美得輕蔑。「還是隊長沒帶好？我記得大家實力都不錯的啊……搞不好換個隊長會厲害很多呢。」

「我覺得妳說得很對，換個隊長是個不錯的想法，」宥亭一邊贊同她的話，又一邊顯得為難。

「可是規則說不能更換參賽者耶，我覺得依照規則來比較好，這樣不傷米亞中學的名聲嘛，這是我認為的榮譽感！」

絲絲電流在兩人之間流竄，蔡宜景被堵得咬牙切齒，烈火在喉嚨裡焚燒。「任宥亭，我早說了選熱音社的社員就好，妳自己看看妳帶的隊！我真的懷疑妳的眼光，還是妳故意跟我唱反調？」

「我沒有針對妳，我這叫就事論事。實力最強的人聚在一起並不會理所當然成為最強的隊伍，沒有磨合、沒有默契仍舊是一盤散沙……」宥亭上前幾步，站在團員們前方。「當然，也不是實力最強的人就能握住這盤散沙。」

蔡宜景無話可說，跺著步伐走了出去。

鬧劇結束，宥亭好整以暇地喝水，團員們也各自去做自己的事情，呂澤來到她身邊。「妳這樣好嗎？她家就是這次的主辦公司E.JIN娛樂。」

「我知道，但這不等於她能夠對我們產生任何影響，至少現在不可以。」她給他一抹安心的笑……

一抹短暫卻悸動不已的微笑。

「青春原創熱音大賽」決賽正式展開，現場上千觀眾全都是衝著由全台各地選出的五組最強樂團而來，人人期待精彩的廝殺、賣力的汗水還有忘我的青春。

「YouRock!」是其中最受矚目的隊伍，他們站在後台盯著監視螢幕上南星藝校的演出，緊張感從腳底板直線竄上頭頂。

火熱的嘶吼、爆裂般的演奏，無處不表現出他們獨樹一幟的風格——為自己驕傲，為自己在做的事情充滿自信，像一把銳利的長刀，揮舞劃破這世界給人的規則；又像熾熱的陽光，在這炎炎夏日之中，痛快喊出大汗淋漓的叛逆。

宥亭聽著那充滿爆發力的嗓音，盯著螢幕上盡情演唱的紅毛，內心有股力量在沸騰。對手跟團員其實有異曲同工之妙，最值得敬佩的對手不是他有多厲害、多華麗，而是當側耳傾聽，能夠聽出他的真心。

表演結束，現場反應相當熱烈，尖叫聲如浪濤般洶湧而至，後台的五人摀著耳朵，勉強才能聽到彼此說話的聲音。

「還是那句話，全力以赴享受舞台！」宥亭伸出手，像彩排時那樣，團員們會意，層層疊起。

「一、二、三！」

「You rock！」

舞台上，上輪表演的熱氣未消，台下觀眾還沉浸在一片熱血痛快中，「YouRock!」的名字被介紹時卻帶起更高一波熱潮，歡聲雷動讓上台準備的團員們全都震驚了一番，但他們不再膽怯，除了全力以赴享受，什麼都不需要。

「大家好，我們是米亞中學的『YouRock!』。」與往常的興奮高亢不同，允書刻意輕柔了語氣，他有些變聲期跡象的沙啞嗓音帶著少年的青春感又不失可愛。「如果可以的話，請大家打開手機的手電筒好嗎？」

燈光能使人亢奮，也能使人沉靜，在觀眾開始乖乖開燈後，團員們望著星空般的燈海，向觀眾

敬禮。

「謝謝你們，帶來這首〈Dream Light〉。」

如果夢想是一片星海，那麼乘風航行就不會害怕漂流；如果夢想是一顆豔陽，那麼跳入映照光芒的湖裡就能自在悠游；如果夢想是一道彩虹，那麼奔跑追逐或者遠遠眺望都能幸福。

夢想是什麼？能用鋒利的刀尖劃破手指、用層層繃帶勒住脖子、用強烈的漩渦扯住腳踝；夢想是什麼？能在流水般的旋律裡流淌、在真摯的歌聲中綻放、在柔和的節奏裡跳躍。

團員們一個接著一個唱出自己寫的歌詞，細細描述自己的故事。允書跨海而來的毅力、辰禹玩味不羈的淘氣、呂澤堅韌溫暖的守護、詠燦穩重含蓄的執著，還有宥亭星火燎原的熱情。

如果夢想是一片藍天，那麼他們就是乘風飛行的雛鷹；如果夢想是一顆原石，那麼他們就是小心翼翼磨亮呵護的工匠；如果夢想是一棵樹，那麼他們就是倚著樹幹看星星的孩子，像現在一樣……

風聲颯颯、枝葉悉窣，孩子們的眼神堅定、誠懇，充滿希冀、期盼，他們眺望著、低吟著、搖擺著，最後伴著知了的歌聲直到睡著。

「謝謝……」

尖叫聲、鼓掌聲、歡呼聲合成一場大雨，瞬間降在會場中、降在五位團員身上。這個結果不在預想之內，閃耀燈光之中能看見幾隻拭淚的手、幾雙水光晶瑩的眼眸，還有數不清的燦爛笑容。

如果夢想真是一場大雨，那麼淋成落湯雞……也沒有關係吧？

競演結束後，所有參賽隊伍被聚集到台上，全場的人都在期待成績公佈，究竟獎落誰家、誰喜誰憂，全都翹首期盼著。

主持人來到舞台中間，故作神秘地將手卡藏在懷中。「名次就在我手上，你們都很好奇對不對，希望誰拿冠軍呢？」他將麥克風指向觀眾，瞬間各種喊聲四起，大聲支持自己喜歡的隊伍。

隨著名次由後到前逐一公佈，身為冠軍候補的米亞中學「YouRock!」和南星藝校「叛逆星球二代」分別列於主持人兩側，等候最後的發表。

緊湊有戲劇性的音樂響起，增加了現場的緊張感。

「本屆『青春原創熱音大賽』榮獲冠軍的隊伍是……」主持人深吸一口氣，宏亮地宣布：「米亞中學，『YouRock!』！」

「嘩——哇——」

被點名的瞬間，五人團抱在一起興奮地上下跳動。

「來自米亞中學的『YouRock!』由校內徵選脫穎而出的五人組成，以清新的形象及細膩精彩的現場演出獲得評審一致肯定，網路投票也破了歷屆紀錄，冠軍頭銜實至名歸！」

E.JIN娛樂公司社長蔡廣成被請上台頒獎，他伸出手握住每個團員的手，將象徵唱片合約的大紙卡交在團員手上——這場比賽不是結束，而是另一種啟程。

＊＊＊

拿下冠軍的「YouRock!」被E.JIN娛樂公司簽下，這消息一放出，許多人更為他們的大好前程賀

喜，五人就讀的米亞中學因此聲名大噪，最新升學志願調查，米亞中學在私立排行榜中佔據前三，學校頒給五人「最佳貢獻獎」以資鼓勵。

團員們用分到的獎金買了團戒當作禮物送給自己，儘管不是特別貴重的信物，那也成了五人團結一心的承諾。

「猜誰最先把戒指弄丟！」辰禹拔下手上的戒指，對裡面刻著的團名愛不釋手。

「烏鴉嘴耶，幹嘛剛拿到就想弄丟？」詠燦也覺得刻字非常新奇，捧在手心上360度探究。

「我猜郭吉努。」

「為什麼是我啦？」辰禹並不服氣。「我猜忙內。」

「亂猜，你明明最愛亂丟東西，說說你pick不見了幾個？」允書把寶特瓶當麥克風湊到辰禹嘴邊，瞪大了眼睛、抬高了下巴。「說啊！」

「我猜任宥亭……啊，不對，妳會因為變胖導致戒指拔不下來。」呂澤又開始戲弄她，絲毫不在意她的瞪視，一臉挑釁。

「姐！這樣就要泡很燙很燙的水再泡很冰很冰的水才可以拿下來！」允書兩手又不知道在比劃什麼，貌似只有興奮的時候會有這個動作。「不行，姐不能變胖。」

「你們當我好欺負了嘛現在。」宥亭給兩人各一腳當反擊。

「喔吼，任boy……」

「出現了出現了……」

自從宥亭在決賽發飆以來，只要宥亭再動拳踢腳，他們就會這麼叫她。

他們來到東明的工作室想感謝他，沒想到有個意外的驚喜。

「以後還會見面啦，你們公司找我當你們的專輯製作人，所以接下來你們都會更常看見我囉！」東明往後躺在椅背上。「哇，沒想到我這小地方也能出大明星啊……」

「東明哥，不要這樣講啦，我們還什麼都不是呢！」宥亭搖搖手，慌張地笑。

「我就喜歡你們這樣子。」東明看著眼前五個稚嫩的孩子，打從心裡想盡己所能幫助他們。

「那我們專輯什麼時候發？」允書有些興奮，想到即將出專輯，就整個人笑開了花。

「這不是要問你們公司嗎？」東明仰天大笑，這孩子太可愛了！「不過話說回來……我覺得在你們出道前，得先教你們一些自我保護的方法……」

東明並不是對誰都傾囊而出，但對於面前幾個極有潛力的孩子……或者說是後輩們，他害怕他們受到大環境的欺壓，怕他們看不見高人氣之後的刀刃，怕他們受到輿論傷害，在他們這張純潔的玻璃上刮出傷痕。

在準備專輯的期間，「YouRock!」也經常受邀到大大小小的活動演出，舉凡校園演唱會、各式商演，逆天的人氣讓他們有接不完的通告，他們也不辭辛勞地跟著東南西北到處跑，不管是什麼樣的場地、有多少人，他們都盡心盡力的演出，對他們來說，只要有舞台，他們就會全力以赴。各場合的演出影片也在各大影音平台流傳，在比賽之後又累積了不少經驗，人氣更是上升了一個階段。

「『檸檬糖酒窩河允書』，這是什麼意思？」練習時間中的短暫休息，辰禹滑著手機翻看粉絲的留言，這是他最近最喜歡做的事。

「是忙內笑的時候有酒窩的關係吧，然後檸檬糖是酸酸甜甜有戀愛的感覺。」詠燦邊調整鼓架邊接話：「因為他的酒窩微笑而陷入戀愛的意思。」

「哥，你怎麼知道？」允書有些訝異，連他自己都不知道這綽號的由來。「該不會跟糖果有關的你都知道吧！」

「猜的。」詠燦聳聳肩，他的語文能力一向很好，至少能猜出差不多的意思。「平常我都坐在你們後面，所以都看不到你們的表情，看影片才知道……忙內你小表情超多啊！很能撒嬌啊！」

「我哪有！燦尼哥才是，超級會說噁心的話！」允書才不服氣，硬要把平常在舞台上跟粉絲聊天的內容拿出來說。「哥上次說什麼『你們不要再送棒棒糖給我了，我只想收到你們啊』，哈啊……」允書緊皺五官蜷縮手指表示受不了。

「我知道我知道我知道，最近很流行那種，我自己有想一個！」辰禹聽了也來參一腳。「問你們喔，紅色有分很多種，像粉紅、紫紅、桃紅很多很多，黑色也分很多種，你們猜我最喜歡哪一種黑？」

「不知道。」兩人搖頭。

辰禹笑瞇了眼：「撒浪嘿！」

「喔吼……」允書用力拍打牆壁，以化解自己手心的癢。

「不要臉啊！」詠燦直接拿鼓棒扔向辰禹。

辰禹沒躲過鼓棒攻擊，正中背部。「李詠燦，請愛惜樂器好嗎？」

「沒關係，反正鼓棒我多的是。」

撿起鼓棒，為防再被攻擊，辰禹暫時沒有將其歸還的意願，反而將安靜休息的呂澤給抓入話題。「老大哥，你會講撩妹梗嗎？」

「我不會講，我只會……」呂澤慵懶地睜開眼，伸出修長的手，一把捏住他的下巴。「撩。」

「OK！Game over！」允書從牆邊跑回來，拖走滿臉通紅倒地的辰禹。「（韓語）吉努呀，你要更努力才行！」

「（韓語）不行，哥太帥了……」辰禹摀著臉被拖回自己的位子。

詠燦比讚表示佩服。「阿澤哥果然是大人，大人就是不一樣。」

「我也才剛滿十八好嗎？」呂澤站起來放鬆筋骨，發現少一個人。「宥亭呢，跑去哪了？」

「姐剛才被勇旭哥叫出去了。」允書喝了幾口水走到門邊觀望。

勇旭是新人開發組組長兼他們的經紀人。

就在允書打算關上門時，恰好看見宥亭在轉角出現。「啊，回來了。」

宥亭的臉色不是很好，但見到團員們還是擠出微笑。「來練習吧……」

「妳怎麼了？」呂澤看她有些恍神。「勇旭哥跟妳說什麼了嗎？」

見男孩們眼睛裡投射出的擔心，她搖搖頭笑了，笑裡有些無奈、有些疼惜。「沒有，可能是這幾天跑行程累了。」

他們常常需要一天跑好幾個表演，還要擠出時間練習、錄音，睡覺的時間都不夠用，但宥亭總是給人精神飽滿的印象，此刻才讓團員們驚覺隊長只是一個跟他們年齡相仿的女孩。

「還是妳跟公司請幾天假？」呂澤低聲勸道。從小到大，他其實也沒看過幾次這種狀態的她。「妳身體這樣不行。」

「就這樣辦？」宥亭抽走辰禹手上的鼓棒戳了戳團員們的肚子。「我真的沒事，練習了啦！」

宥亭的笑容暫時驅散了團員們的擔心，練習照常繼續，也沒人再過問她的狀態，接下來的幾天她漸漸恢復以往的開朗，只不過有時候還是會坐在角落心事重重地發呆。

新專輯收錄比賽時的兩首歌曲，加上幾首團員們的自創曲，由柳東明負責製作，團員們如火如荼地練習和錄製，還得拍攝專輯照片及主打歌ＭＶ，忙得不可開交。

「明天要拍宣傳照，我早上五點就會去接你們，都給我準時，知道嗎！」勇旭強制結束了幾隻練習蟲的練習，嚴聲交代。「別讓我繞那麼多路去接你們，還要特別等誰啊！」

「哥你不要遲到就好了。」辰禹打趣道。

「郭吉努，我剛剛在說的就是你！」勇旭邊說邊給他一個凶狠的眼神。這團五個人都算得上好帶，但要說整團每個人都乖巧也不全然，辰禹就是其中最不按牌理出牌的，有時候還會順便帶壞允書，這兩個人總是令他特別頭痛。

環顧團員們充滿期待的表情，勇旭的目光最後停在宥亭身上。「隊長有什麼話想說嗎？」

她揚起淺淺的笑，淡然、溫柔。「只要記得，全力以赴享受就可以了。」

她伸出手，和比賽時一樣，翻開手掌，上下牢牢地抓住一個個疊上來的夢……

翌日，勇旭帶著昏睡的團員們完成了妝髮，最後載著他們抵達拍攝現場，一下車，就在其他團員對現場擺設感到新奇時，呂澤攔住正要去跟導演打招呼的勇旭。

「哥，宥亭真的沒事嗎？」雖然勇旭說宥亭是因為身體不舒服才請假，但他總覺得事有蹊蹺，他就住在她隔壁，多少發現了她家最近有些奇怪的動靜。

「嗯，說家裡出了點事，宥亭又把自己累壞了。」勇旭拍拍他的肩。「人家的家務事，我們也不好多嘴嘛。」

「那姐還來拍嗎？」允書聽見他們的對話，也走過來問。

「今天的拍攝可能就要缺席了。」勇旭表情盡是遺憾，遺憾中還帶著深邃而不得知的苦澀。他說不出口，這次的缺席，等於永久的缺席。

因臨近出道，公司安排團員們住進宿舍方便管理，也增加了練習時間，團員們個個上緊發條，想在出道時展現全新的一面。

可是，無論他們怎麼等，宥亭始終沒有出現，直到……

「人氣樂團五缺一！『YouRock!』女團員將缺席專輯活動！」辰禹像往常一樣翻看粉絲留言時，發現了這則新聞，腦內警鈴大響，立刻喊來團員。「阿澤哥！燦尼！忙內！快來看啊！」

呂澤奪過手機用最快的速度看完整篇新聞，隨即甩門出去找到勇旭。

「哥！新聞是怎麼回事？宥亭到底怎麼了？」他毫不顧忌辦公室還有其他人，幾乎以怒吼的方式說話。「請說清楚，宥亭為什麼退團？」

「阿澤，我們到外面去說……」團員們紛紛來到辦公室，勇旭不得不把人都帶出去。

「聽我說……」走廊上，沉重凝滯。「我知道你們很難接受這個事實，我也是、我也難受，可是我什麼都不能做，做決定的人是宥亭，她有她的打算，也把該交代的事情都交給我了，我們現在唯一能做的就是祝福她可以找到自己全新的人生。」

「話說得那麼漂亮，難道不是公司的方針嗎？」呂澤對於這份解釋嗤之以鼻。「還是老闆女兒的逼迫呢？」

「阿澤，閉嘴！」勇旭一驚，立刻命令他打住。「你一個新人，這種話可以亂說嗎？」

「哥……姐為什麼不跟我們說啊？」對允書來說，最一開始幫助自己的是宥亭，選擇自己的也是宥亭，讓自己融入團隊的更是宥亭，他一直相信並跟隨這個令人安心的姐姐，如今這份信任竟然消失無蹤，突然沒了依靠讓他非常錯愕。「我們明明什麼事情都跟她說的啊！」

見他一副泫然欲泣的樣子，詠燦一把將他摟住。「冷靜一點，哭沒有用。」

勇旭給不出答案，只好打發他們回練習室，團員們呆坐了一會兒，氣氛低迷。他們嘗試各種方式聯繫她，卻像對空氣說話般收不到回音。沒人想通宥亭拋下一切離開的原因，最重要的是……為什麼都不商量？難道他們不值得信任嗎？

「啊！我知道了！」長時間的靜默之後，辰禹突然跳了起來。「學校！我們可以去學校問！阿澤哥可以去姐家看看，我們分頭找！」

沒人願意幫他們找答案，他們自己來！

於是他們分頭，阿澤往宥亭家出發，其他人則前往學校。可是情況比想像中還要糟糕，在學校找到宥亭的班導師才得知，宥亭前陣子已經休學，舉家搬走，跑到她家的呂澤只能呆望緊鎖的大門。

「任宥亭」這個人彷彿不曾存在，消失得很徹底。

「（韓語）姐姐是真的不要我們了嗎？我們一起努力那麼久了啊……」允書激動地哭了出來，

被詠燦和辰禹團團抱住。

對於年紀尚輕的他們來說，不願相信又必須面對是多麼艱難的事情，宥亭的離開是一記迎頭重擊，毫無防備地被打成重傷。

「這算是背叛嗎？」回宿舍的路上，辰禹問得很輕、很慢，像風在吹，在團員耳邊迴盪。

宥亭的去向一直沒有下落，他們也一度埋怨過、迷惘過，但出道後開始忙於宣傳專輯，人氣居高不下的他們成為炙手可熱的新星，上遍各大節目，出道僅幾個月就能辦巡迴演唱會，場場滿座，並且著手準備第二張專輯。看似燦爛充實的日子，他們內心卻藏有一個叫做「任宥亭」的空洞。

「YouRock!」第二張專輯仍然由柳東明主導製作，收錄的曲子除了團員們的創作，主打歌則由東明所屬的作曲團隊「East Light」操刀。

只是當試播Demo時，所有人都愣住了——是宥亭的聲音！

和宥亭相熟的他們自然能夠認出她的聲音，最誇張的是這首曲子的風格就是宥亭獨有的特色，是一直以來他們最熟悉的輕盈、專屬於宥亭的搖滾。

「東明哥！」阿澤站了起來。「你知道她在哪裡對不對？」他已經不如當時激動，只是再觸碰到有關她的線索，雙手就禁不住緊握，音量就禁不住放大。

「我不知道她在哪裡，我只收到了曲子。」東明低下頭，寫出一串電子郵件地址，遞給他。「信連署名都沒有，只是拜託我以作曲團隊的名義幫忙將曲子放進專輯裡，然後說她很想念你們。」

他們失神地看著那一串平凡不過的英文字母——「IMYOOJUNG」——「任宥亭」用韓語發音

寫成的名字，正好有另外的意思：「I'm Yoojung，我是宥亭」。

「雖然我們都不知道她離開的原因，但她至少還惦記著、掛念著你們。」東明的目光掃過團員們手上的戒指，他記得那其中的意義。「宥亭走的時候有留下任何東西嗎？」

團員們疑惑抬頭，看見東明一手的食指和拇指圈住另一手的食指。

本以為被滅盡的信任被重新點燃，他們帶著宥亭遠道而來的想念與執著完成了第二張專輯，成績比上一張專輯還要更好，通告和演出邀約來得比以前更加熱烈，甚至還靠著新歌拿下了「最佳潛力樂團獎」。

可是無法全員站在舞台上的遺憾越來越大，最後，就在專輯活動結束的同時，團員們與公司商量，決定以完成學業為由停止活動，直到合約到期後不續約，自然而然地解散，「YouRock!」成為一場絢麗飄渺的夢……一道消失在雲邊的彩虹。

第二部 劃過天際，飛越彩虹

架上的樂譜被一一拿下重新清點後又放回原位，呂澤總會不厭其煩地整理這一大面樂譜牆，也許昨天才整理過、半小時前才整理過，他總是一次又一次、一次又一次重複整理的動作，每一本譜都練過了、每顆音符都背下來了，歲月彷彿就在這一遍遍的整理中飄落，像現在撒了一地的手稿。

他蹲下來，面無表情地收拾。

「嗨，老師！」一個女孩揹著吉他推開玻璃門，身穿熟悉的制服，扯開陽光般的笑容。「又在整理樂譜啊，它們一直都很整齊的，老師你有潔癖嗎？」

女孩也蹲下來幫忙，比慢吞吞的呂澤還要俐落些。「好了！」

呂澤朝她一笑，將這最後一份譜收進原本的角落，對他來說，這種整理已然成了麻木的習慣。

「老師，我跟你說喔，熱音比賽又要開始了，但是我沒被選上，好可惜……」女孩一邊在書包裡東翻西找，一邊閒話家常。「但是我跟團員們要準備成發，然後我們決定的曲子是這個！」

呂澤轉過身來，大大的標題正好闖進眼簾，心驟然下沉。

當年參賽的第一首曲子，他們以「YouRock!」為名第一次站在觀眾面前的曲子，當時充滿希望，現在只剩下灰色回憶的曲子。

他接過譜，抬眼看向眉開眼笑的女孩。「妳們要表演這個？」

「嗯！」女孩用力點頭，非常肯定。「老師你不知道，『YouRock!』在學校已經成為傳奇了好嗎！現在熱音社多少人啊，根本超級大社！」

關於這件事，其實女孩已經說過很多次了，只是每次呂澤都裝作沒有聽見。

「喔對了，社長想要我幫忙問你，可以來熱音社當一次特別講師嗎？」女孩的語氣並沒有帶多少期盼，因為她知道答案：「別再拒絕我了拜託，大家都說我不是你學生，可我明明是頭號弟子啊……」

「妳要是不到處炫耀就不會有那麼多人知道。」呂澤把譜捲起往她頭上輕敲。自從他在親戚家的音樂教室裡教吉他以來，就沒收幾個學生，即使因為有「YouRock!」的光環使許多人慕名而來也一樣。扣除有時候給人家當槍手表演外還剩下很多時間，他也不是每個上門的人都收。

「我沒有炫耀！是老師做什麼事都會上新聞好嗎！」女孩有些冤枉。

「哪有那麼多新聞可以上？不過是粉絲跟粉絲之間的小道消息。」呂澤瀏覽譜面上那些認真的記號，這女孩總是在練習前就做好一切準備。

許多人問過他選擇學生的標準，他總是輕描淡寫地帶過，其實要的不多，一個就好，那就是懂得預備妥當，這是一種態度，不管今天實力如何、天賦如何，沒有好的態度他就不收。

「原來老師也會偷看粉絲消息齁！」女孩一臉抓到蜥蜴尾巴般興奮。「啊！不要老是偏離話題啦！老師你能不能答應我啦？」

「妳明明知道我會拒絕。」搬來譜架，呂澤用眼神示意她該乖乖把吉他拿出來了。「還是讓妳有些選擇好了，我不去學校當特別講師，但我可以破例讓妳跟團員們一起來上課，直到成發前。」

女孩聞言，眼睛都亮了。「真的假的！」老師今天被石頭砸到了嗎？

「學費妳付嘛，反正。」

「吼，老師你每次都來這種爛招，耍賴欸！」女孩不情不願，又矛盾地想做出選擇。「……我選第二個啦！」

她根本沒有猶豫。呂澤笑了：「知道了，下次我跟老闆說我們換到合奏室上課。」

「Yes！」

一陣閒聊後，課程終於開始。

女孩練習的身影總是能夠重疊很多人的影子，那些比起現在稚嫩，特別令人想念的影子。呂澤移開目光凝視樂譜，輕嘆了口氣。

女孩停了下來，跟著嘆了口氣。

「妳幹嘛？」呂澤拍拍譜面，讓她繼續往下練。

「我在想，如果老師也可以再跟你的小夥伴一起表演這首歌就好了……」

雖然早就知道這孩子是個小粉絲，但聽到這樣真心的期望還是有些意外。

「老師，你們還會再表演嗎？」

何嘗不想？上台表演的機會多的是，但這個「你們」還能實現嗎？或者說……還能是原來的「你們」嗎？

手機鈴聲響起打斷了綿延的思緒，呂澤掏出手機推開玻璃門：「喂？」

話筒另一端，傳來一個陌生女子的聲音：「您好，我這裡是EJIN娛樂……」

新學期，一成不變的社辦走廊今天尤其熱鬧，許多少女聚集在熱音社門外，只為了瞄幾眼回來繼續念書的大五學長們。

「上次熱音社這麼多人參觀是一年前的事了吧。」說話的是現任社長阿修，也是詠燦和辰禹的同系學弟。「學長們的吸引力真的比我們擺攤賣力拉人還要厲害很多很多，如果我們是黑板上的小磁鐵，你們應該是工廠裡面的電磁鐵。」他想進門都得翻越人牆，滿頭大汗。

「最好那麼誇張啦。」詠燦含了一根棒棒糖，隨意地盤坐在地上，外頭突然一陣騷動，注意力轉向正在跟少女粉絲們無聲互動的辰禹，瞬間滿臉黑線。「郭吉努，你可以低調點嗎？」

「我也想啊，可是人家都站在那邊沒有要走的意思。」他笑得無可奈何。「現在消息都傳太快了，好不習慣。」

「也沒慢過好嗎？你只是去當兵一年，不是去無人島一年啊……」

其他社員對兩位學長的日常鬥嘴早已司空見慣。

「各位，我們要討論一些社內的事情，可以麻煩你們先回去了嗎？」詠燦語帶歉意，少女們反倒為他出聲而激動不已。

阿修走到門口。「我們要討論這學期成發的內容，你們想讓學長們有單獨的表演嗎？想的話就先給我們一些保密的空間好嗎？謝謝！」

聽到兩人有機會表演，少女們立刻踩著興奮的腳步慢慢散開，其中還不乏些加油的喊聲。

總算清靜了一些，阿修把門關上，發下本學期的社團計畫。「目標一樣是期末的成果發表，由於目前『認、真、練、習』的團沒有很多……」阿修故意強調了某些字眼。「所以每團的表演時間都會拉長，可能會需要準備兩到三首歌，有些沒有組團但想要上台的人也可以來跟我討論個人舞台的部分，至於兩位人氣爆表的學長……」阿修的微笑意思不明：「希望你們可以直接準備半小時的小專場！」

語畢，所有人都倒抽了口氣，尤其是被點名的兩人。

「你有病吧總共才兩個小時的表演你要我們準備半小時？」辰禹首先抗議，句子裡都不帶逗點。「而且我們兩個之中沒有主唱欸，搞笑嗎？」

「據我所知你們唱的也不差啊。」阿修並沒有開玩笑，他拿起筆在白板上分析：「學長們，我們真的有認真練習的團最多三個好了，實際上應該沒有三個這麼多，但不是重點，每個團唱個三首歌再講個話也各會有二十分鐘，半小時留給想要單獨舞台的人，我想也沒有多少啦，剩下的半小時就只能交給你們啦！」

「你數學真好。」辰禹下的結論把社員們都惹笑了。

「請說我邏輯好，謝謝。」阿修比了個勝利的手勢。

「你有問過其他人的意見嗎？」詠燦轉頭掃視社員，見到他們一臉認同阿修的表情，直接閉嘴。「算了，當我沒問。」

「而且這還有直接利益在，有你們的場子就會爆滿。」這真的是無敵真相。

「怎麼辦？」辰禹與詠燦對看了幾秒，把視線移向社員們。「有學弟妹要跟我們組團的嗎？我們缺貝斯和主唱！」

「有你這麼招人的嗎？」詠燦發現他沒有找鍵盤手，笑容消去。

「不行啦，我說的是小專場欸，親愛的學長們。」阿修打斷兩人的招募計畫，也打斷了社員們的蠢蠢欲動。「貝斯手可以找那個誰……阿澤學長！」

「他都畢業那麼久了，誰知道會不會願意來表演。」詠燦首先投反對票。「而且人家現在有工作。」

「可是你不問怎麼知道？」辰禹掏出手機，他其實挺贊成這個提議，畢竟這麼久了，難得有機會再一起表演，儘管……缺了些位子。

社員們都期待著電話另一頭會有什麼樣的回應，如果答應了，「YouRock!」就會有三個成員參加演出，這噱頭會引來多少觀眾可想而知。大部分人憶起上個學期的成發，觀眾寥寥無幾的慘況，一陣惡寒。

「他沒答應，說最近有點忙，會沒有辦法練習。」辰禹掛掉電話，有些失望但不意外，他懷著僥倖的心理撥這通電話，他清楚團員們聚在一起的意義，也知道湊不齊會有多空虛，卻總是忍不住想像那個畫面。

詠燦聳聳肩。「那沒辦法啦，阿修你再想想方案，我們兩個專場真的不行。」

如果有一天，就算只有一天好了，五個人能夠重新再一起站上舞台就好了……

再站在老東家的大門前，呂澤內心摻雜感慨和排斥，當初頭也不回地走出這富麗堂皇的大門，如今想來這扇門仍然令人唏噓，無論回憶裡亦或此刻。對這扇門，有多少埋怨的思緒、有多少開懷的大笑、有多少吃力的步伐，直到再來到門前才歷歷在目。

然而他沒有將自己滿腦子的複雜流露在臉上，拽著那一點自尊心，擺出自己毫不在乎的模樣。

「你好，是呂澤吧，我叫王妍。」一位身穿雪紡襯衫搭牛仔褲的女人向呂澤遞出名片，紅色的嘴唇咧開淺笑，長髮俐落地束成低馬尾披在肩後。「是負責Olivia的經紀人，也是新人開發組組長。」

勇旭哥呢？呂澤皺著眉端詳那張名片，抬眼看向這位妖嬈的女人，忍下內心的疑惑。「妳好。」

「我知道你是之前公司的藝人，我們Olivia大力推薦你，說是專輯裡要是沒有你的聲音就不錄音呢。」王妍領在他前頭，高跟鞋與地面撞擊的聲音在走廊上迴盪。「所以我就稍微查了一下你的資料，突然這樣聯絡你真是抱歉。」

呂澤跟在後頭，好奇心仍然抵不住克制。「請問，勇旭哥呢？」

「你說陳組長嗎？」王妍在一間會議室前停下腳步，刻意壓低了音量。「幾個月前被開除了。」

這消息讓人震驚，一向對藝人盡心盡力的勇旭竟然被開除了！「為什麼？」

王妍只給他一個意味深長的微笑，推開門請他進去。

算了，反正這間公司的方針總是讓人措手不及。呂澤想，或許勇旭離開是好的。

「阿澤學長！」

「蔡宜景？」才剛覺得無所謂了，眼前出現的女孩又讓他皺起眉，原來她就是Olivia！

「學長，你都沒有變耶，還是老樣子。」蔡宜景滿臉堆著笑上前，想與呂澤握手。「好久不見！」

呂澤盯著那隻手，一動不動。「我聽不出妳到底是稱讚還是嘲笑，還是別了吧，我跟妳沒那麼熟。」

「沒關係，反正我們有的是時間熟起來。」蔡宜景並不在意他的冷漠。「這幾年我在美國留學，跟不少大師學習，這次回來剛好可以展現在音樂方面的蛻變，我首先想到你的貝斯，那種與生俱來的順暢感，真的不管聽了多少有名的樂手演奏，都還是會想到你呢。」

「Olivia真的是很誇讚你呢，不管是在美國還是回來之後，總是吵著出道專輯一定要找你來助陣……」王妍給呂澤泡了杯熱茶，還遞上了一份資料。「你能來真是太好了。」

忽略兩人一搭一唱的吹捧，呂澤拿起那份資料，赫然發現是份合約，眼底閃過詫異，他意會了過來，有些鄙夷誤入陷阱的自己。

「我想重組『YouRock!』。」蔡宜景沒有漏看他的動搖。「其實我在國外的時候一直回想自己高中時有多傻，你們其實是很優秀的樂手，我可能被忌妒沖昏了頭吧，才會覺得你們不好，不過你們拿到了冠軍，也是很有實力的藝人……」語調一轉，她滿臉遺憾。「可是當我回來之後得知你們早就解散了，我真的很生氣，所以讓爸爸把帶你們的經紀人給開除了，怎麼可以讓這麼棒的團體垮掉呢？真的太不應該了！」

「是妳把勇旭哥開除的？」

「唉唷，別氣嘛，你不知道他做了多少不應該的事情，搞不好宥亭就是被他趕出去的呢。」蔡宜景一面安撫他的氣焰，一面又拿刀刺向另外的傷口。「我是覺得可惜，看在曾經同校的份上，想把你們都找回來一起組團，還你們一個舞台。」

說到宥亭，呂澤吞下暗怒，這個名字已然成了禁忌，誰提起都刺耳。「講那麼好聽，這份合約上根本沒有她的名字。」

「這是讓我最遺憾的地方，沒人知道宥亭的下落啊，還是你們曾經找過她呢？」

如果可以找，如果能夠找到，如果真的有線索，他們怎麼可能不行動？呂澤緩緩蓋起合約，推向蔡宜景。「我只答應幫忙錄製專輯，重組就算了。」

「我知道我代替不了宥亭，你也因為我以前跟她立場不同而討厭我，這些我都很清楚，可是我不一樣了，你可以先收下合約，跟團員們討論看看，我不急，可以等你們……」蔡宜景重新遞上合約，深深一鞠躬。

驕傲的蔡宜景竟然向自己低頭，呂澤懷疑自己眼睛有沒有看錯，嗤笑出聲。

「呂先生，Olivia是真的很希望你們可以都回來，重現『YouRock!』的榮耀，不要那麼快拒絕，可以多考慮幾天。」王妍也在一旁勸說，呂澤才拿起合約，沒多說什麼便走了。

老實說，他當然想念舞台，重組的提議也很吸引人，可內心深處那又深又痛的空洞在反對著、矛盾著。站在舞台上的光芒炫目固然令人蠢蠢欲動，他卻更懂得聚光燈下的虛無，他漸漸不曉得自己是否還保有最初的熱情，漸漸無法回憶心跳加快、血液沸騰的快感。那份澎湃、激情，是否還在？

他給自己打上了一個問號。

等呂澤離開會議室，蔡宜景躺回椅子上，剛才的可憐模樣換成得逞的笑。

「妳說他會相信我的鬼話嗎？」她淘氣地把玩脖子上的首飾。「什麼看在同校的份上，一起分享榮耀什麼的，哼！我都要被自己笑死，憋得真辛苦，但我演技還不錯吧？」

王妍豎起大拇指。「我看以後要多幫妳接戲了。」

她只是想搶回屬於自己的榮耀，滿足自己虛榮心，有個噱頭炒熱自己的名氣，而重組「YouRock!」便是最好的手段。

＊＊＊

「第十名，Grass Music練習生，河允書！」

被點名的允書從位子上站起來，走到舞台上，接過主持人遞來的麥克風。他又一次挺過了淘汰賽獲得晉級，在這場生存戰中活了下來。

「請允書發表晉級感言。」

允書看著台下還坐在原位上的夥伴們，那些一起努力過的兄弟，有人可能會坐在自己身邊的位置，有人可能今後便不再見面，他不捨，但只能習慣這種強迫的分離。

「首先，我想謝謝粉絲們讓我第一次踩在出道線上，這麼大一份心意我會好好的記在心裡，讓大家看見更進步的我……然後我想跟曾經一起奮鬥過的朋友們說，謝謝你們，是你們讓我更勇敢的站在這裡，有一天我們會在更好的舞台重逢。」他深吸一口氣，露出招牌的酒窩笑。「你們都是最棒的、最帥的，知道嗎？」

台下的練習生們紛紛大聲呼喊回應他的應援。

下意識的，他撫過戒指，臉上閃過落寞。

一步一步登上階梯，坐在大椅子上，在這麼高的地方俯瞰，欣賞的不是風景，是一張張五味雜陳的笑容，他深能體會那種空落落的感覺，但想要踏上舞台，就必須經歷一關關殘忍的試煉，不全力以赴便沒有資格站在舞台上。

他有一個必須堅強的承諾要實現，不能再是從前那個只知道倚靠別人的小忙內，他必須爬到更高的位置，或許在那裡才能找到尋找已久的曾經，或是讓尋找已久的曾經抬頭就能看到自己。

發表名次的錄製結束後，允書回到宿舍，應了幾個恭喜他的招呼，他躲進房間裡，用盡渾身力氣似地倒在床上，無聊地拿起手機，即使遠在韓國，他依然關注著團員們的消息。

偶爾他會翻翻粉絲發的貼文，藉此得知團員們的近況。所以他知道呂澤現在是個吉他老師，有時會到處表演；詠燦和辰禹退伍回校念書，還要參加社團成果發表會……他總是需要竭盡心力才能抑制自己想接觸他們的渴望，但他發了誓，在履行與他們的約定前都不會跟他們聯繫，於是只能如此默默惦記。

「又在看那些樂團朋友們？」姜璘脫下制服外套隨意掛在椅背上，旋身倒在允書身邊。「你要是想念他們就打電話啊！」

「我說過會成長給他們看，想多一點力量，想變得更堅強一點……」或許這樣當初就不會失去宥亭，或許就不會失去「YouRock!」。對於解散，他其實很自責，如果不是自己太脆弱，怎麼會沒有辦法拉住漸漸喪失信心的哥哥們？不管是心力還是實力都不足，甚至是太安逸才會使團隊支離破碎。

「然後你想回去找他們嗎？」姜璘抽走他的手機，桌布是一張全是燦爛笑容的合照，自從他知道了允書的故事之後，那些笑容就變得惹人鼻酸，這孩子做出參賽的決定究竟毀了多少自尊心、又鼓起了多少勇氣，根本無法想像。

「如果我的努力能被他們看到，能讓他們重新站上舞台該有多好。」盯著天花板，允書真正的願望其實是和他們在舞台上重逢，像剛剛的晉級感言一樣。

「那位隊長姐姐呢？」姜璘問起心裡一直好奇的事。

「哥，我們隊上的大哥都比你小很多，你不能叫她姐姐。」允書翻身坐起，順手抽回手機。

「我是站在你的立場上問耶。」姜璘跟著坐起來。「好吧，那位隊長妹妹呢？」

最最惦記的人，總是不會出現在粉絲的消息裡。

等事過境遷，允書才有機會冷靜回想，一個對團隊付出最多、最積極向上的人不可能一夜之間放棄，她或許有苦衷，只是沒人挖掘苦衷的真相，連人影都沒再見過。

沒得到答案，不，這應該已經是答案了。姜璘索性轉移話題：「聽說下次比賽會邀請許多知名製作人來幫我們量身打造新歌……」

允書沒有注意聽姜璘說什麼，愣愣地看著手機螢幕上粉絲的貼文——「YouRock!」將迎來成團七周年。

熱音社社辦，因為不是社團時間，所以只有詠燦和辰禹待在這裡，他們真的接下了小專場的艱鉅任務，兩人來這裡商量表演內容，待了半小時也沒有任何下文。詠燦開著筆電找曲子，辰禹在一旁瀏覽粉絲發的貼文，看到有人截錄允書在節目上發表感言的片段，配文說想念「YouRock!」了，好希望七周年能夠合體表演。

「欸，我們要七周年了。」

「你說清楚點，是樂團要七周年了。」詠燦一邊寫下幾首不錯的曲目，一邊糾正。「七周年又怎麼了？還有好幾個月的事情，你要請大家吃飯嗎？」

「請大家吃路邊攤可以，不過……」辰禹把手機拿給詠燦看。「這有更好的建議。」

詠燦暫停在允書撫摸戒指的那一秒，將手機推到一旁，繼續記錄曲目。「那時候也接近忙內的決賽吧，如果他有進決賽的話，是不是已經達成約定了？」

「就算是現在也已經達成了，我覺得。」手機螢幕暗了下來，黑色玻璃倒映的俊顏也跟著暗了下來。「反觀我自己，好像什麼都沒有做到，該做什麼也不知道。」

「你會不知道？那我們現在在這裡幹嘛？」詠燦用寫好的候補曲目遮住那滿臉的落寞。「先把成發的小專場搞定，如果效果不錯，我們再找阿澤哥一起開場七周年音樂會，規模不大的話他可能會答應吧。」

「我們再找時間親自去問他。」辰禹接過曲目，拿起一旁的鉛筆高舉雙手。「現在我要三心二意的來選歌！」

「一心一意！」

「咦？不是數字多就比較厲害嗎？」

「你到底靠什麼考上大學的？」

「靠你啊！嘿嘿！」

他們的確不甘於現狀，即使還找不到翻身的方法，他們也竭盡所能去做現在能做到的事情，只要還朝著夢想攀爬，總有一天會抓住機會——他們堅信著。

提著吸塵器走進許久沒有使用的合奏室，呂澤戴著口罩，先是將一堆沒用的桌椅和器材搬到走廊上清理，再用吸塵器吸除隔音海綿和地毯上的灰塵，然後拉來兩台空氣清淨機給這密閉的空間換氣，最後把清理過的器材搬回原位，開始測試性能，確保所有東西都還堪用。

「阿澤啊，真是辛苦你了，這裡很久沒有用吼，差點被我拿來當倉庫，現在看起來好多了。」老闆滿意地看著煥然一新的合奏室，答應讓他使用果然是正確的決定。

「叔，其實你可以租用給有需要的人，這也是一筆收入。」呂澤揹起貝斯，久違地動了動手指。

老闆安靜欣賞著，他也心疼這個小姪子，執意讓他到這裡工作也是為了不讓他放棄，看看這開心的表情，不正說明了一切嗎？

「我看這間合奏室就交給你經營了吧。」看呂澤把合奏室整理得有條有理，老闆提議道。「嗯嗯，我這想法真不錯，讓你光在這裡當老師太可惜了。」

「叔，我不是這塊料啦！」呂澤心下一慌。這叔叔有時候無厘頭的程度，比郭辰禹強很多。

「你比我更清楚這些東西要怎麼擺弄啦，這也是一種全新的挑戰啊，年輕人要勇於接受挑戰，懂嗎？」老闆拍拍他的肩，不給他任何拒絕的空間。「這件事就定下來了，我去跟你嬸嬸講一聲，她一定會高興到晚上滷一大鍋雞腿，你就留下來吃晚餐吧！啊，我把你爸媽都請來好了！」

用得了這麼鋪張嗎？呂澤看他歡天喜地的模樣只得笑笑，這家人想表達支持的方式真的是千奇百怪，但……很感動。

他當然懂叔叔的用意，不想讓在夢想之路上傷了腳趾的自己，在這小小的空間裡自暴自棄。他都清楚，但這下該怎麼辦呢？給自己的問號仍然無解。

說穿了，他在害怕、在徬徨，對舞台的留戀似乎多不過對它的歉疚，選擇走下台的是自己，他討厭反覆無常，卻無法掌控迂迴的腳步。如果是辰禹、如果是詠燦，他們會怎麼想？他們有陪自己逃避的義氣，自己能不能提起勇氣再把他們拉回舞台？那個逃走的自己，還有力氣嗎？

如果是宥亭……她會不會再笑著推推他的額頭，將力量推進心裡？

他就像一株隨流飄動的水草，扎根在原地，搖來、搖去、晃來、晃去……

「老師，我們來啦！哇……」女孩領著團員踏進合奏室，驚訝得合不攏嘴。「這裡也太高級了吧，比學校的還要厲害！」

「高級什麼，器材都是老東西了，不過我今天有測試過，能用是能用，就是稍微委屈你們了。」呂澤起身迎接他們。「你們就是丫頭的小夥伴？」

「老師好！」幾個學生見到呂澤，一臉不敢相信。「真的是呂澤本人嗎？」

「看起來不像嗎？還是我老了？跟想像不一樣？」

「不是啦，是覺得影片裡面的人現在站在自己面前，很不真實……」其中一個跟呂澤一般高的男孩解釋道。

呂澤注意到他背上的樂器。「彈貝斯的？」

「對，本來是練吉他，後來看到老師彈貝斯的影片覺得超帥，就改練貝斯了。」男孩靦腆一笑。

「怎麼樣，貝斯無聊嗎？」替他們搬來譜架和鍵盤，呂澤邊調整位置邊問。

「不會啊，我覺得很有趣，像樂團的第二顆心臟，彈貝斯能讓我體會到自己的重要性，不管是團裡還是音樂裡。」男孩的神情讓他的話深具說服力，他就像他說的那麼喜歡貝斯。

呂澤認同。「尤其當別團沒有貝斯的時候。」

「對！」男孩睜大了眼，對呂澤的話有所共鳴。

所有器材都裝設完畢，樂器也都調過音了，呂澤坐在角落聽他們練習。一首歌結束，他雙眉緊蹙，不太滿意。

「老師，有哪裡要改的嗎？」女孩不安地問。在原唱面前演奏本來就很緊張了，現在呂澤的表情還不是很好，這讓她更加不知所措。

「你們是不是在模仿我們？」呂澤一語點破了造成曲子不協調的因素。

「對，因為練習一直不順利，明明我們各自都練熟了，合起來的時候就是很奇怪，所以我們就看你們以前表演的影片，想說模仿的話也許可以練起來，結果沒什麼效果。」女孩坦白地說。這首歌聽上去簡單，各自練的時候也沒有什麼難度，妙就妙在合奏時一直有種拍子對不上、合音也不平衡的感覺，明明都已經練了無數次，還是沒用。

「你們看的是哪個影片？」呂澤問。

女孩找出影片遞給他。「是你們比賽的影片。」

影片與回憶的畫面在眼前重疊，畫質已然模糊，每個人的表情卻在腦海中無比清晰，那些毫無顧忌的臉龐是多麼熟悉，那些只管享受的笑容卻又多麼遙遠，彷彿那不是自己、不是曾經的自己，他不太想承認自己羨慕影片裡那個在音樂裡狂妄、在旋律裡囂張的……快樂的自己。

那就像是給了自己一拳，重重砸在心口上。

如果影片裡的那些人是傻瓜，現在這個窩囊的自己就是最傻最傻的傻瓜。

站在舞台上究竟是為了什麼？他千百次、百萬次反覆拷問內心，不就是為了這一點快樂嗎？這一點……歷經傷痕、突破瓶頸，一點一點琢磨直到發光的快樂。

只此而已。

「一味的模仿當然練不好，要靠你們自己磨合才行，多去了解團員們的喜好，這樣才能展現亮點。」看完影片，呂澤的表情有些釋然的明朗。「每個人的個性不一樣，喜歡的風格也不一樣。像這裡面的鍵盤手本來是學古典作曲，高中才開始轉換跑道玩搖滾，對各種樂器的配置和音色非常了解，音樂性偏細膩精緻；吉他手本身的技巧很好，可以駕馭任何曲子，也可以很快的理解曲子的構造和目的，但最重要的是他跟鼓手的配合非常融洽，他們的頻率總是在一條線上；鼓手喜歡爵士樂，也學過低音號，所以韻律感會比較有彈性，輕重緩急像流動的波浪；我也是從學爵士開始的，但是你們也知道爵士樂的拍子有時候比較自由，所以我們在練習的時候會先討論好節奏感覺的部分；主唱的話，不要想著壓制樂器的聲音，樂器組撐得穩，主唱就不用費力去跟樂器抵抗，可以輕鬆唱，用自己最喜歡的方式唱……這樣懂了嗎？」

「懂了……」幾個孩子點點頭。懂了的不只是怎麼演奏這首曲子，還有為什麼「YouRock!」直到現在仍是人們津津樂道的樂團。

原來自己還能夠記得團員們的習慣和喜好，原來自己藏匿這麼多屬於思念的片段，原來不論以前還是現在，還是要玩得開心才是最純粹、最契合的「YouRock!」。

呂澤自顧自地笑了起來。

幾天後，呂澤在約定的時間到E.JIN娛樂進行專輯錄製，工作告一段落時，他向王妍回絕了重組的提議，將合約歸還給她，並承諾雖然沒有重組的意願，但專輯還是會幫忙，這一點不會變。

「我可以理解你的考量，要接受新成員不是一件容易的事。」王妍似乎早就猜到他會拒絕，一點都不驚訝。「我們仍然不想放棄這個計畫，公司已經開始在找任宥亭了……」

聽到公司在找宥亭，呂澤開始懷疑公司一開始就知道宥亭的下落，但他忍著沒有問，像當年第二張專輯的主打歌一樣，就怕又是一場空。

「如果你這幾天想想，反悔了也可以再打電話給我，有我的名片吧？弄丟的話我這裡還能給你。」王妍又遞出名片，這次呂澤沒有接過。

「謝謝，希望下次我們就只討論工作上的事。」語畢，他收拾了東西，離開錄音室。

呂澤前腳剛走，蔡宜景就從一旁的小房間蹦出來。「外面那位回去了嗎？」

「剛剛錄音前就已經來訊息說照片充足了。」王妍回報道，並將手機訊息拿給她看。

蔡宜景滿意地點點頭。「呂澤拒絕了吧？」

「是的，跟我們想的一樣，一切都在我們的計畫裡。」王妍如實報告，卻有些擔心。「不過，他會不會根本不在乎任宥亭的下落？」

「管他在不在乎，他最後還是會被我們抓住的。」說穿了，找任宥亭本來就是一個假餌，哪有人知道她的生死？這場釣魚遊戲，早就開始。「對了，陳勇旭留下的東西有收好嗎？」

「有的，在我辦公室抽屜裡。」

「很好。只要我們把手上的證據變成任宥亭背叛他們的證明，他們就會對她死心，我們再裝作不計前嫌的樣子，打出高額簽約金把他們簽進來，『YouRock!』就是我的了！」蔡宜景從口袋裡拿出一盒喉糖，打開蓋子拿出幾顆塞進嘴裡，認為自己的計謀十全十美。

「那河允書呢？」

「那個韓國小子？」蔡宜景毫不猶豫地擺手。「他是主唱耶，當初搶了我位子的人，我才不讓他跟我搶風頭呢！」

說著，她進入錄音室。

***

「E.JIN娛樂想吃回頭草？『YouRock!』成員現身前東家！」

爆炸性的標題、引人注目的名字，「YouRock!」疑似重組的新聞已經成了最受人們關注的熱門話題，經過一晚便迅速在網路平台上四散流傳。

許多人持半信半疑的態度，有人不看好，認為是假的；有人很興奮，表示絕對支持……一則毫無根據的新聞直接將粉絲轟成一盤散沙，正值七周年前夕，時間點非常敏感，正反兩派在網上大吵一番，火勢延燒到在韓國比賽的允書身上，很多粉絲認為加上前期節目中看似團魂炸裂的表現，其實就是在暗示樂團即將重組，有人高興、更有人生氣，覺得他根本無心比賽，枉費大家通宵投票想要他出道。

本來正在進行節目錄製的允書也看到了這則報導，更注意到了早就亂作一團的粉絲，立刻跟節目組請假回到經紀公司「Grass Music」。

「社長，不用跟E.JIN娛樂問清楚嗎？」他一到公司便被請到社長室，得知社長打算靜觀其變時，有些詫異。

「小子，你究竟是想繼續比賽還是重組樂團？」社長金志勳若無其事地輕啜美式咖啡，打趣地問道。

「我……」允書答不上來，金志勳倒是對他的猶豫毫不意外。

「兩個都想做也不是壞事啊！」他雙手交握撐在扶手上，看起來早有計畫。「演藝事業就是這樣，必須要有野心，如果你的野心是來自賺錢、想紅，那我可能就會打電話給你前老闆；但我知道你不是，或許你的朋友們也都不是，所以我打算等等看，看你的朋友怎麼做，畢竟是他被拍到了嘛！」

允書聽了他的話才慢慢冷靜下來。「那我呢？我該怎麼辦？」

「你要是跟著輿論受影響怎麼行？先安靜的回去完成比賽吧，如果有後續發展我會讓你第一個知道。」金志勳給出了讓允書安心的承諾，這是他對待旗下藝人一貫的方式，有問題站在第一線處理，使藝人可以放寬心做自己份內的工作。

讓經紀人把允書帶回錄製現場，金志勳重新打開電腦。如果一個已經解散很久的樂團，僅是一則充滿不確定的新聞就有如此廣大面積的影響，會不會有點戲？

詠燦和辰禹也是通過網路才得知消息，立刻就衝到呂澤工作的音樂教室找他，這已經是他們的習慣了，大概對於團員之間「不商量」這件事有陰影，所以不管出了什麼事，他們都會先找當事者求證。

聽完呂澤的敘述，三人坐在合奏室裡用沉默對峙。

「這是圈套。」思考過後，詠燦下了結論。「哥你自己也清楚。」

「怎麼說？你們在說什麼啦？」辰禹就不懂了，從哪裡知道這是圈套的？

「聽我講嘛！」詠燦分析道：「首先記者是早就埋伏好的，我們以前在公司都不見幾個記者在那裡徘徊，何況是大門；再者，經紀人遞名片讓哥找她，那是她有十足的把握才這樣說，她知道哥不管願不願意都還會再聯絡她，因為會製造出今天這種局面；還有，這次新聞說的是『重組』，只憑一個人的照片就說重組真的太牽強，整篇新聞裡面甚至沒有提到我們兩個的名字，消息分明是她們放的；最後，說要找姐的下落就是個魚餌，為了把我跟吉努也釣出來，這的確很有效，很讓人在意。」

分析結束，辰禹拍手感嘆：「柯南吶，燦尼，以後就教你柯燦尼了。」

詠燦瞪了他一眼，讓他收起玩笑。「阿澤哥，你有什麼打算嗎？」

呂澤仰頭盯著天花板，許久不語。

兩人也不催不趕，要怎麼做，呂澤心裡肯定早就有底，只缺個方向而已，他們相信呂澤的理性能夠幫助他想到最盡善盡美的方法。

「老實說，我很在意關於宥亭的一切事情，如果她們真的是有把握找到宥亭才丟下這個餌，我們若不搭理就會錯失一次機會，我想……不如將計就計吧，就如她們的願，我們主動跟她們聯繫。不過在這之前，有人比我們更緊迫……」呂澤拿出手機，從通訊錄裡翻出允書的帳號。

前往錄製現場的路上，允書心事重重地望著窗外，那些庸碌的街景根本無法緩解他的不安，對於出事的團員們，他不但無能為力，甚至還被下了什麼都不要做的命令，心裡就算是急也無地發洩。

突然，訊息聲響，上面的名字讓他嚇了一跳——「來自：阿澤哥」。

戰戰兢兢地點開，這已經不知道是相隔幾年才重新連接的線，允書閉上眼睛，再緩緩睜開。

一切從簡單的問候開始：「允書，是哥，吉努和燦尼也在旁邊。對不起，新聞一定嚇到你了吧？我們知道你會擔心，但希望你可以把事情交給我們，請繼續堅守你的約定，如果不願意聯繫我們，那至少請你將下面的錄音傳給你公司相關人員，請他跟我們聯絡。比賽加油（連吉努和燦尼的份也算上）。」

接著，是一則錄音。

「哥，團員哥哥們傳來訊息了……」紅燈亮，允書將消息告訴經紀人。

「是嗎？說什麼了？」經紀人其實很意外，社長說要看當事人怎麼處理，結果這麼快就來聯繫了，可見他們比起解決事情，更關心允書的情況。

允書將錄音播放：「您好，我們是以前跟允書一起組團的成員，我是呂澤，另外兩位成員辰禹和詠燦也在旁邊當這段錄音的證人。首先想跟您道歉，因為我個人的疏忽造成這次的事件，還波及了允書，真的很抱歉。我想先說明這次的消息是假的，雖然對方有重組的提議，但是我們並沒有答應，新聞的來源還待查明，這方面我們已經想到對策，可是由於也牽扯到另一位成員……關於尋找我們隊長宥亨的線索，所以在我們將事情處理完之前，請先以安撫粉絲和允書為主，我們會盡快跟您聯絡，到時再請您發表聲明。現在允書還在比賽中，我們想守護他的每一份努力和他跟我們的約定，所以請相信我們，謝謝。」

「說韓語呢。」錄音結束了一段時間，經紀人才出聲。「你哥哥們的韓語怎麼這麼流利？」

「他們為了跟我溝通學了韓語。」允書將錄音檔案傳給了經紀人。

「這說明了你中文爛的原因。」到了錄製現場，經紀人將車停下，轉頭看向允書。「專心比賽，你哥哥們都這麼說了，相信他們吧。」

儘管不認識他們，經紀人也能從那誠懇的語調裡感受到他們對這件事的重視，還有他們有多

在乎允書，這已經不是同事、前同事，或者學生時期的朋友該有的表現了，這份義氣早已轉換成親情，比血濃於水更加濃郁的那種。

「對了，也傳一份給社長吧，免得我忙起來忘記。」經紀人一邊提醒一邊跟他揮手。「自己加油啊！」

「好的，謝謝哥！」允書關上車門，目送經紀人離開。

他低頭再次看著那則訊息，剛剛的忐忑不安被呂澤的幾句話打到九霄雲外。隔了這麼多年再聽見哥哥的聲音，竟然又是為了自己而默默地解決事情，心裡既感激又複雜，他痛恨自己的懦弱，卻也因為這份遠道而來的應援而重新得力。

將手機收起，最後他還是沒有回覆，現在唯一能做的，就是不讓他們擔心。

＊＊＊

拿下耳機，關掉音樂，將檔案整理、備份，柳東明拿起手機躺在老闆椅上滑開訊息，突然跳了起來，匆匆忙忙的拿了包包要出門，門卻開了——一只行李箱先被推了進來，一個披頭散髮的女孩隨後走進，腳步有些跌跌撞撞，身上還扛著大大小小的包包。

「宥亭啊！妳怎麼不說一聲就提早回來了呢？」東明幫她卸下東西，語氣有些慌張，他忙到剛才才發現她傳來抵達機場的訊息，但那已經是兩個小時前的事情了。

宥亭現在才有空將一頭長髮梳整乾淨，她早已習慣東明忽略自己的訊息，無奈也變成了無謂。

「有事情就提早回來了啊，反正日本那邊的工作已經差不多了，那組樂團不錯，對專輯很有想法也懂得實踐，我想剩下的交給他們自己就足夠了。」她給自己倒了杯水喝，坐在沙發上休息，想到在日本遇到的一個意料之外的舊識，輕笑了幾聲。

當年離開後，她先是到英國留學，高中畢業後便跟在東明身邊周遊列國，接觸世界各地的音樂，跟許多當地的音樂人交流，一邊學習作曲，一邊累積表演經驗。最近「East Light」的名氣越來越大，她也成為獨當一面的製作人，受邀到許多國家製作專輯，除了台灣以外，她的活動都十分活躍。

「阿澤他們的事情怎麼樣了？」剛喝完一杯水，她就急著詢問事態。提早結束日本的錄製工作趕回台灣，就是因為看見了新聞，雖然這次回來還有別的目的。

「就知道妳會擔心……」東明又給她倒了一杯水。「我問過阿澤了，他們已經想到方法處理，連允書那邊都交代好了。」

「喔。」

「就這樣？妳不再多問喔？」東明沒想到她的態度如此冷淡，剛剛不是還很急切的樣子嗎？

「既然他們說會處理，那就一定可以搞定的，我相信他們。」宥亭的笑容充滿信心。「喔，對了，日本那邊可能在專輯發佈前還得去一下，那邊的唱片公司找我們，我、們、兩、個都得去，大哥您就別偷懶了，每次都是我出國。」

東明看了眼她手上的戒指，不再追問。「我都多大一把年紀了，妳不是說妳行蹤不明是件好事嗎？多跑幾趟就在那邊哇哇叫！」

「『哇哇叫』那麼幼稚的詞都講得出來，真的服了你耶。人家唱片公司指名了「柳東明」先生，您還想賴在您的老闆椅上嗎？老闆大人。」宥亭總喜歡跟他鬥嘴，越相處越發現東明其實心裡面還是一個孩子，像她親愛的團員們一樣。

「別突然用敬語，好可怕。」老闆大人是什麼鬼，聽起來怪噁心的。

兩人笑了一會兒，東明才又開啟工作模式。「我傳給妳的郵件看了沒？」

宥亭點點頭。「看了，後天到韓國嘛。」

「妳想去嗎？」東明問得小心翼翼，被節目組邀請完全是因為他們看上了宥亭的曲子，雖然掛著團隊的名字，但由於原作者是宥亭，東明才更嚴肅看待這件事。「可能會遇到允書喔。」

「就去啊！」宥亭答應得意外爽快，笑意裡有些凌厲、有些想念、有些苦澀。「其實也差不多了……」

該解開所有的結了。

當初她離開是為了團隊，看清自己的欠缺才答應離開，但她不打算永遠不回來，並在離開時就提前做好了準備。

抓魚，一開始就得放網子。

微風牽著樹葉在陽光中穿梭嬉戲，鳥兒在細枝上唧唧鳴叫，偶爾飛過玻璃窗外停在地上，好奇地面對玻璃歪歪頭，不知看的是自己的倒映，還是窗內凝滯的氣氛。

僻靜的咖啡廳內，五個人在觀景最好的桌位邊圍坐，沒有人說話，看似無事而心懷鬼胎的眼神在無語之間來回拋接。昨日王妍接到呂澤的電話時固然高興，實際與團員見到面時卻陷入無限微妙的迴圈——

魚已上勾，只差扔進網子裡。

「我沒有想到這麼快就有消息了。」蔡宜景率先打破沉默，手指抹去印在杯緣的紅唇印，水晶指甲在陽光的照射下顯得刺眼。

「也不知道是誰放出的消息，才逼得我們坐在這裡。」呂澤輕笑一聲，意有所指地凝視她。

「我明明已經拒絕了重組樂團的計畫，為什麼還是有新聞爆料呢？」

「聽你這麼說是直接認定犯人是我囉？」蔡宜景兩手一攤，她其實也沒有什麼好掩飾的。

「是，的確是我，但那又如何？這不過是為了把你們都找出來的手段罷了。」

見她毫不遮掩自己的坦承，男孩們交換了眼神。

「我們現在既然都在這裡，你們可能也清楚我們想要處理的並不是重組的事情，而是宥亭學姐……」詠燦眼神鋒利，像在獵物身後匍匐前進的獵人。「不是說要找她嗎？」

「我們的確動員了所有方法去找，但很遺憾的是，在找到人之前，我們發現了這個……」王妍拿出一只牛皮信封請團員們打開。「這是在我前任組長，也就是你們的前經紀人陳先生留下的東西裡面找到的，是當初任宥亭小姐為了獨吞簽約金而簽下的協議書，並且和陳先生分了錢後不告而別，陳先生其實是因為被Olivia查出罪行才被開除的。」

「簡單來說，就是任宥亭背叛你們的證據。」蔡宜景揚起得逞的嘴角，帶有修飾過的同情望著三位男孩。「如果找到她的話，她那裡肯定也有一份。」

男孩們仔細閱讀文件，沒顯露任何異樣的表情，在不相信她們兩人的前提下，三人對於這份文件的真實性都有所保留。

「嗯？這真的是姐的簽名嗎？」辰禹指著文件下方的簽名，問向詠燦，後者聳肩。「請問我可以把這份文件帶回去對照筆跡嗎？」

「當然可以！」王妍欣然答應，隨即拿出三份草擬合約。「三位今天可以先看看就好，談好條件修改後再到公司正式簽約，如合約內所說，會提供高額簽約金以彌補之前受到的損失。」

三人都沒有動作，呂澤禮貌一笑：「不好意思，我們其實根本就不在乎簽約金有多少，即使是當年，由於所有團員都未成年的緣故，所有契約和各種收入都由父母主導，我們只負責表演和拿零用錢……」目光掃過王妍停在蔡宜景身上，他意有所指：「再說，我們的確很想重組，但若不是原本的成員，我想沒有人會做得開心，音樂要是不開心就沒有意義了……」

這場鴻門宴看似和平結束，三人出了咖啡廳回到車上。

「阿澤哥！開冷氣！」一坐上車，辰禹就不斷喊熱。

「開了！我這老古董還需要一段時間才冷，你能不能等等？」阿澤扔給他一把扇子，沒好氣道。剛剛他可是用了全身力氣才忍住不對蔡宜景發火，他從以前到現在都極度討厭她那種居高臨下的狂妄。

「吉努，錄音呢？」詠燦還在觀察那份協議書，問道。剛剛談話的內容都被他們錄了下來，成為對己方有利的證據。

「在傳了，檔案很大還需要一段時間，你能不能等等？」辰禹剛說完，其他兩人便爆笑出聲。

「學人精。」呂澤搖搖頭。
「這簽名的確是姐的，我確定。」詠燦看著文件，他認得每個團員的書寫習慣，從一開始就沒有懷疑簽名本身，他懷疑的是內容。「現在偽造資料很容易，如果是能夠迫使我們妥協的重要文件，不可能這麼輕易讓我們拿走，要嘛是備好了副本，要嘛這資料是假的，而且就像哥剛才說的……」他指著整份文件裡唯一的簽名，提出假設：「如果姐真的是在簽了某份文件後離開，當年才十七歲，怎麼可能獨自簽下協議書呢？一定有監護人在場，至少她爸媽和勇旭哥一定在。」
「怪就怪在他們整家人都消失了，現在只有找到勇旭哥才能知道真相。」呂澤認同詠燦的猜測。「還有，他們對開除勇旭哥的原因前後不一致，之前跟我說是因為沒帶好藝人，現在又說是因為獨吞簽約金，如果前幾個月就發現的話，那他們其實早就知道宥亭簽協議書這件事了，打從一開始就沒打算找人。」
「於是這還是得找到勇旭哥才能知道真相。」辰禹嘆了口氣。「要找的人變多了。」
三人對視而笑。
「不過現在必須要先找的只有一個……他大概早就跑了吧？」詠燦東張西望。「剛剛進咖啡廳的時候我還有看到他。」
「肯定走了啊，不過我真的第一次看到狗仔蹲點蹲得這麼不專業的，太明顯了。」辰禹處理好錄音檔，立刻交給呂澤。「現在要怎麼阻止他？」
「他跑得再快，也不會比電話更快。」呂澤掏出手機，找到該記者所屬的報社。他們推測這次的記者跟上次的是同一個人，畢竟好處不嫌多的，拿一次就肯定會願意拿第二次，不過這次才不讓他得逞。

呂澤打到報社，裝成「YouRock!」的爆料者，立即成功找到了發新聞的記者。

「您好，我是您假新聞中的當事人，呂澤。」等記者接電話，他立刻表明身分。「我知道您不久前也在咖啡廳附近，致電給您是希望您不要發出剛才的消息。」

「憑什麼？」電話那一端不以為意。「現在媒體和經紀公司串通很常見，炒新聞沒什麼，而且我才不管你們到底要不要重組，重要的是我的新聞夠不夠勁爆！」

「吳大哥，我想我忘了告訴您，這通電話正在錄音，您剛才已經承認了自己的違法事宜，我隨時可以提告。」

「你！」吳記者的氣焰消失，突然好聲好氣了起來。「呂先生，我是覺得事情可以不用搞大，這樣傷和氣嘛。」

「我也不想跟您傷和氣，畢竟以後可能還會需要您的幫忙。」呂澤始終保持冷靜。「您只要為上一則的假新聞發佈道歉聲明，我就可以不再追究，下次若有關於我們樂團的獨家消息，一定會讓您拿到第一手資料，我這裡在錄音絕對作不了假，旁邊還有兩個證人呢！」

「知道了，我會發道歉聲明，在這裡也先鄭重跟您道歉，對不起。」

掛掉電話，詠燦變出三根棒棒糖，三人敲糖慶祝。

他們打了場漂亮的勝仗，仍然不敢掉以輕心。先聯繫了允書的經紀公司，但這次卻接到了社長金志勳的電話。

「我很感謝你們所做的努力，這代表我的選擇並沒有錯，相信你們是對的。」金志勳首先表揚了他們的辦事效率，從說明原委的錄音開始到今天回報事態也不過一天，他對這群年輕人可是欣賞有加。

「這是我們該做的，事情由我們而起，就必須由我們結束。」呂澤並不居功，反而將這一切看作義務。

「接下來你們要怎麼做呢？」金志勳很好奇，他們面對隊長可能的背叛導致解散的質疑，錄音裡聽起來真的太理性、冷靜了。

「我們打算主動去找當年知道真相的所有人，包括經紀人，還有宥亭……」呂澤頓了頓，想到這竟然是幾年來最接近宥亭的一次，全身細胞都在激動。「除了想還原真相，一方面也是因為我們都相信她不會背叛我們，想還她、也還我們自己一個清白。」

「為什麼你們這麼信任她呢？她可是拋下你們離開了啊！」

「社長，或許您可以問問允書，他給出的答案肯定比我們幾個更堅定。」

結束通話後許久，呂澤的話仍在金志勳腦袋裡迴盪，固若金湯的信任、不須言語的心有靈犀，這不就是一個團隊所需具有的特質嗎？

「社長！」助理打斷了金志勳的思緒，將手上的平板遞給他。「關於『YouRock!』重組的假消息已經發出道歉聲明，韓國這裡也已經有翻譯報導。」

金志勳看著那篇新聞，內心對呂澤等人的讚賞直線飆升。「幫我找一找『YouRock!』從成軍到出道、解散的所有資料，每個成員的資料也都找來給我！」

另一邊，看到道歉聲明的蔡宜景發現自己被擺了一道，簡直氣炸了。

「他們竟然反過來陷害我！我都已經開出這麼好的條件了，他們到底還想要什麼？還在固執什麼？」蔡宜景尖銳的喊聲嚇到了練習室裡其他的樂手。「跟我組團是有那麼不甘願嗎？我到底哪一點比不上任宥亭了？」

王妍退在一邊，不敢回話。

「我看真的是要把『YouRock!』這個名字搶過來，他們才會知道我的厲害……」蔡宜景疾步走向，似乎突然有個好主意，突然笑得美豔，美豔得扭曲。

「哈哈哈……做得好做得好！」韓國機場，剛出航廈的宥亭捧著手機樂不可支。

「容我提醒妳，妳現在這樣超奇怪、超有事、超像神經病。」東明稍微張望了一下旁人的表情，與她拉開了一段距離。

「我開心嘛！就說阿澤他們一定可以處理得很好啊！」不管東明的吐槽，她就是很為團員們驕傲。

「現在看起來是告一段落了，不過蔡宜景不會善罷干休吧，妳怎麼辦？現在又不在台灣。」東明將兩人的行李放進計程車後車廂，並將寫有目的地的紙條遞給司機。

「我已經事先請勇旭哥幫我處理了。」其實她一直跟勇旭保持聯繫，這麼多年來，勇旭給自己的幫助真的太多了，所以當他被公司開除時，她馬上就伸出援手。「啊，你應該不會介意工作室再多一個人領薪水吧？」

東明對上她那雙小貓咪般楚楚可憐的眼睛，無奈撇開眼。「算了，先斬後奏什麼的妳最會，反正妳早就是半個老闆了，隨妳吧！」

這不是妥協，工作室漸漸有知名度、生意開始興旺大都是因為宥亭的才氣，說她是半個老闆也不為過，東明也因為教出這麼一個得意門生而相當自豪。

唯一擔心的是他不知道她的計畫到底可以為他們帶來什麼好處？在他看來，如果他們想要重組，早在與E.JIN娛樂解約的同時就可以自立門戶，但他們沒有、她也沒有。硬要等到樂團的熱度過了、團員們紛紛有了自己的生活，她才回來興致勃勃地收網，東明真的不懂……

「妳選這個時機到底有什麼意義？」

「如果不是這個時候，我想……選什麼時候都會是錯的，最後我們都會是一群待宰羔羊，任人無數次宰割。」宥亭讀懂了東明的擔憂，一絲淒涼上揚了她的嘴角。「獵人從來無法預測獵物何時出現，他只能做好一切準備，架設陷阱、鍛鍊體魄，最後便是長時間的埋伏，等獵物出現再發動奇襲。」

或許在勢力上，她仍然是個弱者，但她不再輕易任人擺布。

從離開的那一秒開始，她就對自己起誓，她會拿回屬於她與他們的東西。

＊＊＊

大學熱音社的成果發表會如期舉行，受到「重組事件」影響，預計出席的觀眾翻倍，場地臨時被學校換到了中庭簡陋的室外舞台，雖然燈光、音響的效果都不如預期，但這樣輕鬆的街演反而別有一番風味。

幾組表演完畢，詠燦和辰禹壓軸出場，表演了一段經典組曲，一把吉他、一顆木箱鼓、簡簡單單的雙人清唱，為悶熱的夜晚吹拂了陣陣清風、綿延了重重寂寞。依舊是帶著「YouRock!」的頭銜表演，空蕩的舞台、單薄的聲音，兩人怎麼唱都填不滿內心的空缺。

聊天時間，他們談了談當兵時的趣事，也談了談近況，說起詠燦因為熬夜編曲而在課堂上睡著打呼，說起辰禹的通識快被當了，說起呂澤開始當合奏室小老闆，說起重組樂團。

「前陣子大家吵得很兇吼？」辰禹抱著吉他，笑看觀眾。「其實我們都看著呢，有生氣的啊、求重組的啊、冷眼旁觀的啊……不過那都是因為關心我們才會吵嘛，不過大家都白吵一場了。」

「欸，你剛才『冷眼旁觀』講對了耶！」詠燦的吐槽引發一片笑聲。

「閉嘴啦，我偶爾也是會對一兩次的好嗎！」辰禹惱羞成怒。

「其實我們真的有認真考慮過要不要重組……」台下開始躁動，詠燦倒是不在意。「可是如果不是原來的感覺、原來的成員，我不要。」

他的語氣堅定，辰禹也是。「他們提議讓我們兩個和阿澤哥，再加上一個準備出道的新人……對我來說，這已經不是『YouRock!』了。」

在他們心裡，「YouRock!」永遠都是最初始的五人組樂團，退了誰、加了誰都不是最真實的模樣。

「雖然那樣可以重新站上大舞台……也許啦，誰都無法預測。」詠燦眼裡笑意盈盈。「但我寧願像今天這樣，偶爾辦個音樂會，唱歌給大家聽，跟大家聊聊天，其實這樣就夠了。」

儘管遺憾還在，至少無愧於心。

「對了，我們小忙內在韓國比賽，你們有幫他投票嗎？」辰禹提起在韓比賽的允書。「我節目都有看，他真的變韓國歐巴了，又唱又跳的，好帥呀！」

「欸，不是啊，你在羨慕什麼？人家本來就是韓國歐巴啊！」詠燦笑得詭譎，突然閃過一個鬼主意。「還是你也想秀一下舞技？」

台下開始起鬨：「郭辰禹、郭辰禹、郭辰禹……」

「我不行啦！不行不行……」才在拒絕著，詠燦直接給了他一段B-BOX，他便伸展他不協調的肢體，活像隻奔騰的章魚，滑稽的樣子惹來爆笑。

「啊……我就說我不行了，真的很煩耶！」辰禹摀著臉蹲在地上，從耳朵到脖子全都紅透。

「大家可能都不知道我們出道之前有受過舞蹈訓練，這傢伙已經比那時候進步很多了。」詠燦扶起還沒從羞恥中回過神的辰禹。「那時候最會跳的是誰來著……好像是阿澤哥跟宥亭姐。喔！姐跳男舞特別厲害，不愧是『任Boy』……哇，這綽號多久沒出現了！」

「對啊……都多久了。」辰禹抬起頭，眼底的懷念一閃而逝。「大家能不能幫我們找姐姐啊？」

沉默替涼意再颳起一陣強風，思念竟格外溫暖。

「嗯，要找的話還是先把最後的兩首歌聽完吧。」

趁著氣氛，兩人唱了當年比賽的兩首曲子，不插電的版本更顯悲傷。明明是述說夢想的曲子，那些曾經閃耀的希望如今只剩回憶，可是他們還在唱、還仰望，用最誠摯的那顆心，許下另一個夢。

看完了小專場的影片，允書盯著白花花的牆壁，一動也不動。他從公司那裡得知團員處理事情的經過，也聽過談判的錄音，心裡感激他們同時也滿腔五味雜陳。

誰沒有重組的心？何況宥亭離開的真相未解，如今又有了關於她的線索，允書很想加入團員們尋找宥亭的行列，無奈自己正在比賽。

「好了，你也該睡了吧？」姜璘抽走他的手機，拿到書桌上充電。「白天練那麼操，你不累嗎？」他剛洗澡回來，正巧看見允書一臉落寞地捧著手機，猜也沒猜就知道他肯定又在想最近的事情。

「我知道最近的事情一定讓你很混亂，但你要做的只有一個，那就是專心做好自己。」姜璘坐在書桌前擦頭髮，注意到允書還空白的選曲志願。

「專心做好自己……很久以前有人也說過類似的話。」允書走到書桌邊。

下輪比賽的曲子已經公布了，練習生們需要填寫選曲志願，由作曲團隊選擇隊員，大部分的參賽者都已經將志願繳交出去，允書卻遲遲下不了決定，眼看就要到截止期限，連姜璘都不禁替他緊張。

「曲子還沒選好啊？」

「有一首很喜歡的，只有那一首。」在不知道作曲團隊是誰的情況下，他竟然能在旋律之間依稀見到宥亭的影子，像第二張專輯的主打歌一樣。

「其他的都看不上眼就對了……」姜璘打趣道。

「哥，這不好笑。」允書拿過志願表和筆，趴在桌上書寫。

不一會兒，姜璘倒是真的被他逗笑了。「不是吧！河允書，哪有你這樣的！」

允書沒有理他，逕自出了房門。

E.JIN娛樂練習室，王妍的出現打斷了蔡宜景和樂手們的練習，她急急忙忙把蔡宜景叫了出來。

「上次妳要我去註冊『YouRock!』的商標權，可是我查到現在商標權所有人是任宥亭，而且五年前就已經註冊了……」

「妳在那邊說什麼鬼話！」蔡宜景瞬間暴怒大吼，將一眾樂手直接嚇得落荒而逃。「五年前？五年前『YouRock!』不是才……等等！」

如果五年前就已經註冊了「YouRock!」的商標權，那就是在解散不久後的時間內做的。「心狠吶……任宥亭妳的心太狠毒了……」

王妍看著蔡宜景的臉色，退了幾步。

「王妍！我的出道記者會什麼時候？」蔡宜景如鎖定獵物的豹，目露兇狠。

「下禮拜六。」距離現在還有十天。

「妳過來，我跟妳說……」

這次，她要任宥亭澈底消失！

＊＊＊

誰是新歌的主人——斗大的標題在銀幕上浮現，台下的練習生一陣驚呼。

韓國，比賽錄製中。所有人都已經預先聽過所有曲目，並填好了選曲志願，至於能不能唱到自己想要的歌曲，節目邀請作曲的團隊現身節目親自判定並參與製作。

前四首都是不同形式的舞曲，唯獨最後一首是中板的抒情搖滾，允書就是在這首歌裡聽到宥亭的影子，但他不敢確定，深怕只是錯覺。

「我們歡迎第五首的作曲團隊——『East Light』！」掌聲之中，柳東明從門後走了出來，一步一步，走入允書的眼簾，他驚訝得站了起來。

東明當然也看見了台下成了木頭人的允書，許久不見，這傢伙依然藏不住心思，想到他填的志願表，東明忍俊不住。

主持人道：「『East Light』是唯一來自台灣，更是唯一專門製作樂團音樂的團隊，不知道他會引領參賽者完成怎樣特別的演出，他會選誰呢？」

東明拿起麥克風，用流利的英語說道：「我選擇的成員是……」

前面已經叫走了好幾個，連姜璘都被叫走了，剩下不多的名額，允書緊張地緊閉眼睛、緊握雙手，殷切希望自己能夠被選上。

「最後一位是……Grass Music河允書。」

「哇嗚！」真的被叫到，允書大喊一聲，比宣布晉級時還要更開心。

結束選曲錄製，每隊被帶開到不同的練習室，東明與練習生們一同盤坐在地上，開始擔心如何跟這些孩子溝通，他不會韓語，這是他第一次到韓國工作，剛來的時候還可以靠著宥亭，不過現在……他望了望四面八方的攝影機。

早知道自己就別偷懶，多出國就好了。

「嗨，我叫柳東明，大家好。」許久，他才用蹩腳的韓語試著跟練習生們打招呼。

「老師好！」所有人坐著鞠躬，這讓東明無所適從，慌張之下對上允書的眼，猶豫了一下還是撇開了，轉向攝影師。「（英文）我真的沒有翻譯嗎？」

攝影師完全沒有出聲，指了指允書，最後翻譯的重任還是落在了允書身上。

「（中文）我的中文變得很爛，請多指教。」允書微微彎腰行禮，說的同時不禁失笑。

「河允書你好意思。」東明故意吐槽了一下，與他擊拳。

其他人得知東明是允書以前的專輯製作人時，全都嚇了一跳，姜璘這才了解為什麼允書會這麼喜歡這首歌，甚至所有的志願都只填這首歌。

「什麼啊，你剛開始就聽出來了嗎？」練習時，姜璘悄悄拉著允書問。

「我只是覺得這個風格很熟悉，沒想到真的是東明哥。」允書看著與其他隊員比手畫腳的東明，眼光暗了暗。他猜測、只是猜測……這首歌的原作會不會是……

「河允書！來幫我翻譯一下！」東明大概放棄了，直接把允書喊去。

就算只是千分之一的機率，真希望原作就是宥亭，好希望是她、好想再唱一次她寫的歌。

練習時的拍攝份量足夠後，攝影組便撤走，留給練習生真正的練習時間，這個時候才是拚盡全力的開端。東明將練習生們聚集到練習室中央，神祕地將一張紙條塞給允書。

「『其實我只是作曲團隊的代表，實際上這首歌的原作者』……東明哥！這……」允書翻譯到一半猛然抬頭——鏡子裡，就在他身後——

「姐姐……」

與紛紛打招呼的隊員們不同，允書覺得眼前的身影好不真實，整個人愣在原地。他不知道想像了多少次重逢的畫面，也許是在學校、在校門口的早餐店，還是在公司對面的咖啡廳、在旅途中的機場內……

從來沒有想過，僅僅是一間練習室，他在這裡找到了她……或者說，是她找到了他。

從吳記者那裡得到Olivia出道記者會的消息，呂澤、詠燦和辰禹正聚在合奏室裡商討對策。

「她們上次被我們惹毛之後，這次一定會在記者會上大作文章。」詠燦將目前現有的證據條列在紙上，在不能預知對方行動的情況下，現有的武器很難防患未然。「不過範圍太大了，我只能猜到她們會再把『重組』的事情拿出來嘴而已。」

「與其在這裡猜測，還是先解決這張協議書吧。」呂澤重新拿出協議書。找不到人就無法對證，他們已經找過勇旭了，可是家門深鎖、手機關機，就連發過去的電子郵件都沒收到回信，所有的線索等於又斷了線。

「還是關機。」辰禹掛掉電話，今天也打了好幾通，以前那個隨傳隨到的陳勇旭實在失蹤得很不是時候。「我真不喜歡這種感覺，想前進也沒辦法前進、想後退也沒辦法後退。」

話說回來，沒有一種失蹤是恰到好處的。

「那叫進退兩難。」詠燦替他縮短了那句註釋。「你今天又學到一個了。」

「OK！我會記住。」辰禹立刻拿出手機記在記事本裡。最近他都會這樣子，學到一個記一個，也不知道是怎麼開始的，讓詠燦對辰禹的上進心相當滿意。

「我看我們耗在這裡沒用，再去他家看看吧！」呂澤站起身，才剛要走出門口，手機便傳來訊息聲——「來自：勇旭哥」。

自由練習時間，宥亭跟允書說了很多自己在離開之後遇到的各種人事物，有趣的、難過的、驚奇的、生氣的，說了來自小倉庫的禮物，還有那些千奇百怪的樂器、莫名其妙的旅程；也說了自己偷偷關注著團員的活動，有時候也會去看演唱會，在粉絲頁匿名留言。

允書聽得津津有味，時而問問題、時而默默聆聽，當得知宥亭常常就在他們觸手可及之處時，非常詫異。「姐，雖然妳大部分時間都在國外，那在台灣的時候為什麼不找我們？」

「我也想啊……」宥亭牽強地扯開笑容，心卻痛得無以復加，彷彿回到當時，她在人群中羨慕台上的團員們，想跟他們說話卻只能隱藏自己的名字，那些像犯人一樣的逃亡生活，她用「旅行」這個字眼取代了。

宥亭有難言之隱，允書感覺得到，可是他還是很想知道……「妳為什麼要離開？」

她悄悄握拳，指甲刺進掌心，一點刺痛根本不比揭開心裡那道又深又長的疤，那樣錐心刺骨。

「我還以為妳不要我們了。」

「我沒有……也不想丟下你們。」宥亭深深呼吸，想抑制那份激動奪眶而出。「現在沒辦法把原因告訴你，你還在比賽，我不想影響你的心情……等事情告一段落後，我會讓你知道。」

沒有得到答案，允書也不失望，他看向她手上的戒指，漾開招牌的酒窩笑，這些日子以來他第一次笑得如此由衷。「沒關係，反正妳已經回來了。」

「……我回來了。」

歸來與離去、流浪與漂泊，一轉眼在這簡單的四個字後畫上句點，原來這是多麼溫暖一句話。

「啊，對了……」允書拿出手機，找出團員們和蔡宜景談判的錄音。「姐，我想這大概跟妳要處理的事情有關係……」

事情果然如她所料。

當呂澤一行人抵達與勇旭約好的地點時，才赫然發現竟是柳東明的工作室。

「什麼啊？竟然是約在這裡！」辰禹吃驚地觀望這煥然一新的舊地。

自從樂團解散後，他們再也沒有來過這裡，這裡不但外觀變了、裝潢變了，連器材也比以前高級許多，只聽說「East Light」成為許多樂團一曲難求的地方，實際一探究竟後仍難以置信。

「就算外面變了，裡面也還是一樣亂七八糟。」陳勇旭打開小廳的門，見到正在參觀大廳的團員們，滄桑一笑。「進來吧。」

沒有多餘的敘舊，四人坐在小廳裡，這裡倒是沒有任何變化，就如勇旭的話，還保留著在這裡奮鬥的回憶，空氣中還飄盪著亂七八糟的夢想氣味。

「你們要的真相有一半在我這裡，剩下的等宥亭自己跟你們說……」勇旭的語速很慢，他只有在講非常嚴肅的事情時才會這麼做。「事實上，就是宥亭要我聯絡你們的。」

這番話簡直就是在說已經找到宥亭了，不對，是勇旭一直都有跟宥亭聯繫。這潛藏的事實觸動了團員們心防的機關。

「勇旭哥，你知道宥亭在哪裡嗎？」呂澤問。只要是有關宥亭的事情，對他們來說都異常重要。

勇旭搖搖頭。「就算我這幾年來都有跟她聯繫，但她從來不告訴我她在哪裡，我只知道她常常在各個國家工作，很少回台灣。」想到她為了團員們而選擇藏匿自己，他就為自己當初的力不從心感到無地自容。「這次她讓我找你們是為了要給你們這個……」

桌上陳列了兩份資料，不管哪一份都有被歲月堆積成皺褶的痕跡。

勇旭打開了其中一份：「這是當年宥亭離開前簽署的協議書正本。」

這內容顯然與他們拿到的完全不同！裡頭要宥亭同意不參與「YouRock!」的所有活動，如此就能得到一筆高額賠償；若不同意，「YouRock!」全體成員的演藝生涯將被全面封殺——

宥亭呆望著眼前的協議書，遲遲不願提筆。

「只要妳簽了，妳就能拿著錢去做其他妳想做的事情，哪裡不好啊？要是妳不簽，妳的團員搞不好還會怨恨妳呢！」蔡宜景挑釁道，她知道宥亭沒有選擇的餘地，她吃定了她總為大局著想的個性。

「一定要今天簽嗎？」宥亭在掙扎、在恐懼，她想找人幫忙，可是抬頭對上的卻是勇旭心虛閃避的眸子，當她意識到自己只能獨自面對，心都涼了。

蔡宜景暗笑，她愛死了敵人對自己央求的眼神。「當然也可以拖個幾天，只是妳拖一天，他們就晚一天出道，妳拖十天，他們就晚十天出道，妳拖一個月……」

「我只有一個要求！」宥亭喊斷了她的逼迫。「讓我陪他們到出道前。」

「妳不要妄想妳的聲音會出現在專輯裡喔！」蔡宜景搖了搖手指，在宥亭和團員之間搖出了一道鴻溝。「不是團員的人，怎麼可以在專輯裡出聲音呢？」

「我沒有想這麼多，我只想要陪他們到出道前就可以了。」宥亭請兩人都出去，獨自在狹小的會議室裡待了許久，最終提筆在協議書上簽上名字，從那刻開始，她就像畫了押的罪人，只能倒數剩下的時間，在夢境歸零時黯然離去——

讀過協議書上赤裸裸的威脅，再聽勇旭敘述當年「半個真相」的經過，團員們想起出道前宥亭各種恍神焦慮的樣子，歉疚油然而生，在心口堵塞無法喘息。

「我也不知道她之後怎麼說服父母的，只聽說他們先是搬家，之後就再也沒有告訴我去向，每次聯絡除了關心你們的狀況，一點都沒有提起自己的事情。」勇旭繼續娓娓說道：「她離開的時候沒有拿走那些錢，反而請我把錢用在你們身上，說她會在不遠的地方守護你們。」他回想那個拖著行李，明明難受得要命卻強忍淚水的小女孩，那個說著會讓自己變得更強大之後再回來的小女孩。

團員們個個說不出話來，無法想像她是如何一個人面對抉擇，最後犧牲自己換來其他人完整的夢想。誰都想要最顯眼的位置，誰都想要讓別人看見自己有多耀眼，但是她總是站在角落，想盡辦法讓他們發光。

「不過，我想那時的她已經在為自己的回程鋪路。」勇旭打開另外一份資料，那是商標註冊證書。「她在得知樂團解散之後便請我幫忙申請註冊『YouRock!』的商標，她說總有一天蔡宜景會將這份執著轉移到你們身上，本想請我將你們列為共有人，但我想太打草驚蛇的動作會引起注意，就被我回絕了。抱歉，明明是屬於你們的名字，我卻擅自主張讓宥亭帶走，一方面也是想讓她早點回來。」

僅是一半的真相就足夠震撼人心，那另外一半會不會也是這般心痛？那些他們不知道的歲月裡，宥亭都遭遇了些什麼？

「現在文件都交給你們了，要怎麼做都取決於你們自己，這是宥亭的信任。」

練習生們正在如火如荼地準備接下來的比賽，宥亭一邊掌握台灣那邊處理事情的進展，一邊日夜為練習生們調整狀態。許多人原本以為宥亭會對允書特別偏心，沒想到是一視同仁的嚴厲，她的高要求不但沒有引起反感，認真的態度反倒讓練習生們十分佩服。

「你這個隊長姐姐怎麼感覺比我們還拚命啊？」姜璘滿頭大汗地蹲坐在鏡子邊喘息，明明是聲樂課，這都不知道是第幾次平板撐了。

「她現在是製作人啊……哥你不能喊她姐姐，她比你小！」允書也同樣汗流浹背，望著另一邊正跟東明討論曲子的宥亭，欣喜爬上眉梢。

這就是他一向信任、依靠的隊長姐姐。就算身分不同，宥亭仍然是宥亭，總是堅決以作品優先，發掘每個人歌聲中截然不同的特質，加以優化、融合，這能力讓所有人都很吃驚。她的專業素養比起以前又更上一層樓，能擁有今天的程度都是通過努力爭取而來的。

「這是我覺得最不科學的地方。」姜璘把濕毛巾蓋在臉上，用短暫的黑暗冷卻內心的遺憾。年紀比自己小的都在努力讓自己發光，無論是允書、宥亭，還是這裡其他的練習生，他後悔過去不懂得抓住機會，只會自滿那一丁點的拳腳功夫，埋怨經紀公司不讓自己出道，埋怨沒人看見自己的付出，賭氣退出了公司，等到歲月流逝，回頭才發現自己白白浪費了太多時間，在原地舉足不前。

「嗯……這誰？幹嘛蓋著臉？」宥亭拿著歌詞走了過來，有些不確定地問。「姜璘……哥哥？」

「哥，製作人叫你呢。」允書掀開姜璘臉上的毛巾。

「嗯？是！」姜璘從思緒中驚醒，發現近在眼前的宥亭，嚇了一大跳。「請問有什麼吩咐嗎？」

「啊，你是哥哥，不用敬語沒關係。」宥亭笑了，她早就已經說了很多次讓練習生們不要那麼拘謹，但沒人聽。「我想要問你，最後一段副歌的地方，有一些即興演唱的部分可以交給你嗎？」

「我嗎？」姜璘想都沒想到，宥亭竟然將這首歌最難唱的地方交給自己。

「對，因為我覺得你的音色最適合，聲音的穩定度也高……呃，怎麼了？」宥亭話都沒說完，就被他突然站起來的舉動給打斷。

「謝謝製作人！啊啊——」姜璘用力一鞠躬，興奮得在練習室裡衝刺一圈，回來又是一鞠躬。「真的謝謝您！」

「不是、那個姜璘哥……唉，算了。」宥亭本想讓他別再用敬語，見他這麼高興便暫時打消念頭，反正總有一天會改過來的。

「姐，那我呢？」允書吃味般繞到宥亭面前。「那一部分我也可以啊。」

聽出語氣中半真半假的沮喪，宥亭輕輕嘆息，與他對視。「我知道，說實話這裡的人誰不能唱？但我的工作是把適合的聲音放在適合的位置，你有的你的特色，他有他的渴望……」她握拳，輕敲在他心口上：「我每次都能從他聲音裡聽到來自內心深處的撕心裂肺。」

他聽懂了撕心裂肺的意思，不是字面上的解釋，而是姜璘開口的瞬間，他的神情與聲線完美地詮釋了這四個字的意義。

「可是姐，妳想過也讓別人聽妳的渴望嗎？」

「我的渴望？」她在裝傻，明知故問。

他的目光緊鎖著她，試圖從她的眼中找到一點閃避，她卻沒有游移。

「妳想回到舞台上嗎？」

答案無庸置疑，他看見了她的堅定。

「還以為你要說什麼呢，」她釋然地笑了。「放心吧，雖然沒辦法保證什麼時候。」

她，並不僅僅是渴望回到舞台上。

歌曲走到製作後期，表演結構也漸趨完整，隊員們已將曲子和舞步記得滾瓜爛熟，比賽在即，宥亭竟突然說要回台灣，這讓允書很不安。

「河允書，你不要那張臉啦，我又不會再消失。」她踮起腳，模仿阿澤摸了摸他的頭。「聯絡方式都給你了，你怕什麼？」

替她將行李搬上車，允書一臉不甘願，像隻在生悶氣的狗狗。「妳真的不會消失嗎？」

這傢伙是不是只長身高不長歲數啊？宥亭被她惹笑。「你怕的話就開視訊啊！」

宥亭的笑打散了一些不安，允書的表情才有些緩解。

「明天比賽結束後不要告訴我結果，我下禮拜要自己看播出。」坐上車子，她搖下車窗，伸出手，像以前一樣。「不要想太多，你記得我每次上舞台前說的話嗎？」

＊＊＊

「EJIN娛樂公司今年度最受矚目新人——Olivia」幾個大字寫在印有宣傳照的背景板上，一旁的大螢幕反覆播放主打歌的MV，數十位工作人員忙進忙出，不是給記者端茶倒水，就是來回帶位。

蔡宜景在後台看著監視螢幕裡現場的龐大陣仗，相當滿意。這才是社長千金該有的待遇！

「王妍，等等的說詞再給我看一下！」蔡宜景伸出手，台本立刻送上。「我要妳準備的東西都弄好了沒有？」

「是，已經在會場的電腦裡備著。」王妍應道。「網路直播也已經在放送中。」

「很好。」鏡子裡映出一抹詭譎的笑。就是今天，將是她蔡宜景大獲全勝的一天！

記者們陸陸續續進場，當初被蔡宜景買通的吳記者儼然在列，帶著攝影助理一臉淡然地等待門口人員審核。

「字母報社的吳記者和……咦？」工作人員甲指著攝影助理。「這不是當初申請的那位！」

剛通關的吳記者回頭，發現自己的助理卡在關外，立刻解釋：「我們公司臨時調派工作，所以換人過來。」

工作人員甲有些為難。「可是這樣要重新申請才行！」她可是很努力地照著程序在走。

聞言，吳記者嗤笑一聲。「小妹妹，妳是工讀生吧？叔叔跟妳講，攝助換人是很常見的事情，有什麼好大驚小怪的？」

「不可以，我們這裡的工作程序就是這樣子，請您重新申請，我才放人進去。」甲堅決攔在攝影助理前方不讓通行。

「欸！前面的能不能快點？時間都要到了還拖啊？」兩人互不相讓的時間過久，眼看記者會就要開始，後方記者開始不耐煩，紛紛叫嚷。

「妳在幹嘛？換攝助而已，這種小事不用計較那麼多……不好意思，請進。」注意到騷動，較有經驗的工作人員乙跑了出來，推開滿臉冤枉的甲，向吳記者擺出笑臉，領著他們到設置的位子上。

記者會準時開始，播完出道曲MV，接著Olivia出場拍照、介紹專輯，進入媒體聯訪時間，除了關於專輯製作的問題，還有一些關於身為E.JIN娛樂公司社長千金的問題，更有前陣子重組「YouRock!」的話題。

吳記者舉手，拿起麥克風，首先拋出誘餌：「Olivia，我想請問前陣子可能由妳和呂澤、詠燦、辰禹重組『YouRock!』的消息，最後為什麼沒有談成呢?可以告訴我們嗎？」

蔡宜景沉吟了一會兒，扯開練習許久的甜美微笑。「他們真的是很優秀的音樂人，也是我學生時期就認識的學長學弟們，很遺憾最後沒辦法重組。不過這都是有些原因的……」

她使了個眼色給王妍，大螢幕上映出了兩份資料。

「我們沒有辦法重組樂團的原因，是因為當年離開的前隊長任宥亭搶註了『YouRock!』的商標權，讓我們無法繼續使用這個名字。」她擺手讓王妍更換下一張圖片。「更惡劣的是，她當年退團並不是因為生涯規劃，各位可以看到這份親筆簽名的協議書，她與當時的經紀人瓜分了團員們的簽約金後遠走高飛……才導致『YouRock!』後期營運困難，只能解散……」她用五官演出以假亂真的難過。「我本想盡自己一份心力還給團員們一個舞台，可沒想到這計畫還是敗在她手上了，虧我們以前還是同社團的好同學……」

現場記者們打字飛快，正迅速記錄這段勁爆的內幕時，幾乎同一時間，他們都收到了來自自家同事傳來的緊急訊息。

蔡宜景並沒有注意到異狀，還沉浸在自己浮誇的演技中。將任宥亭的形象塑造成叛徒之後透過直播鏡頭即時播放出去，真是一個再聰明不過的方法！

「不好意思，剛才大家應該都有收到一則關於『YouRock!』隊長退團黑幕的影片，請問Olivia小姐有什麼看法呢？」有位女記者舉手，她迅速的看完了影片，發現與蔡宜景所敘述的完全不同，立刻發問。

「什麼影片？」蔡宜景毫不知情，反問記者，也反問王妍。

「我請我的攝助為大家播放吧。」吳記者見兩人一頭霧水，提議道。「我們正好可以來對照，看看真相是什麼。」

攝影助理跟王妍借了電腦，打開影音平台——影片的陳述與蔡宜景的指控毫不相符，不但找來當年的經紀人勇旭坦白當年任宥亭如何被迫簽署協議書，並拿出文件正本證實這是血淋淋的威脅，直接斷送了一個年輕夢想；也請來律師說明以當時年僅十七歲的任宥亭來說，未成年人單獨簽署的文件皆為無效，經紀公司已經違約在先。

這其實是呂澤、詠燦和辰禹想出來的方法，請勇旭和吳記者幫忙完整呈現真相，並在記者會直播時發稿，三人與勇旭此刻正在記者會外的停車場裡觀看直播。

「這是假新聞！」現場議論紛紛，蔡宜景慌張大喊，想陣壓住混亂的場面。「畫面資料都能作假，我這裡的才是真相！」

「畫面能假，人總不能假了吧？」剛剛還站在一邊的攝影助理緩緩走到台前，摘下口罩和毫無度數的眼鏡。

這一摘嚇壞了所有人，包括在車上看直播的團員們——任宥亭竟然出現在記者會現場！

閃光燈、快門聲、麥克風瞬時撲天蓋地而來，所有注意力全集中在她身上，比蔡宜景出場時更加熱烈。

「請問剛剛影片中的消息是真的嗎？」

「是。」

「這些內幕，團員們都知道嗎？」

「最近我才透過經紀人告訴他們，這則影片就是他們做的，我只是得知了他們的計畫，找吳記者協助而已。」面對問題，宥亭一個一個有問必答。

「請問妳當初為什麼被威脅卻沒有反抗呢？妳簽協議書的時候是什麼感覺呢？」

「嗯……」宥亭眼神暗了暗。「其實我不知道對一個還沒發片的新人來講能做什麼反抗，難過肯定是會的，可是只要我簽了就不會影響到團員們不是嗎？」

「那妳簽了協議書之後有拿到賠償金嗎？」

「沒有，我知道協議是無效的，所以沒拿，請公司把這筆錢留給樂團使用。」

「那麼妳五年前註冊團名商標是故意的嗎？」

「好了各位！今天的記者會到此為止，請各位先行離開！」王妍見現場早就偏離了計畫，穿過人群打斷了本要開口的宥亭，強行取消了記者會，招來工作人員請走眾位記者。

記者漸漸被請出去，也許是資料量足夠，他們並沒有逗留在外。空蕩蕩的會場只剩下憤怒慌張的蔡宜景和坦蕩安然的宥亭。

相隔多年，她們不再是穿著同款制服的同學，也不再是一個社團的幹部，她們相視而立，在針鋒相對中傷痕累累。

宥亭拿起桌上的假文件，搖搖頭。「這移花接木的本領真好，妳弄的？」

蔡宜景怒步向前，拍開她的手，文件掉在地上。「是妳讓協議書無效的！」

「同學，不要告訴我妳高中公民課沒上過未成年人簽署文件需要監護人啊！」宥亭並不介意她的無禮，從以前到現在，蔡宜景對自己的頤指氣使、無理取鬧，她從不介意。「我想我爸媽正在電視前面生氣呢，因為他們今天才知道我退團的真相！」

說完，她指向還在直播的攝影機。

蔡宜景惱羞成怒，推倒攝影機，掃落了筆電，隨手抓了水杯就往宥亭身上砸去，被她輕易閃開。「妳早就計畫好了一切，都是妳設計的陷阱！」

「剛剛還有一個問題沒有回答到，我現在回答妳好了……」宥亭拍掉沾在身上的水漬，不疾不徐。「五年前註冊團名商標，我是故意的。」

什麼文件應該無效、什麼文件應該有效，真是多虧了東明在她剛簽進E.JIN娛樂時的提醒。

「妳總是跟我唱反調！」蔡宜景揪住宥亭的領子，嗔怒的眼睛充滿血絲。「妳總是反對我的意見，妳為了反對而反對，我說一妳說二，用盡了心機只為了算計我、扳倒我！在熱音社的時候是、校內甄選的時候也是、現在更是！」

團員們從停車場氣喘吁吁地趕了進來，正好撞見兩人對峙，當即煞住腳步。

宥亭推開她，正好看見衝進門的團員們，眼神變得更加堅定。她可以不介意蔡宜景傷害自己，但是波及團員就絕對不行。

「高中的時候，妳執著『熱音社』的名字；現在，妳執著『YouRock!』的名字，它們都不屬於妳，妳有很好的實力、優越的家庭背景，為什麼不好好看看妳自己？」宥亭指著背景板上的宣傳照，那個長得美豔、歌聲厚實的Olivia。「是，我是用盡了心機，我算計自己走了之後能不能替團員們留住美好的夢想、算計該繞多遠的路才能守護我的團員，我不是扳倒妳，而是扳倒當年無能為力的自己！」

蔡宜景冷冷地笑了起來。「所以妳最後想怎麼對付我？告我？來啊！」

宥亭撿起地上的假文件，撕個粉碎。「我什麼都不會做，因為妳最喜歡的舞台，會給妳最殘忍的制裁。」

這句話如雷轟頂，轟得蔡宜景啞口無言，只得任由王妍拉著狼狽退場。

凌亂的會場裡靜默無聲，宥亭與團員們隔著幾步的距離相望，多年沒有這麼近距離的接觸他們，越想看清楚，越往前走視線就越模糊……

「笨蛋。」呂澤接住了失去力氣的她，緊緊擁住。

「我做得很好吧……」

「沒有。」

「你多誇我幾句會怎樣？我好不容易回來了……」宥亭的聲音很輕，悶在呂澤的胸口。

「姐，好久沒有見，妳真的是音容宛在耶。」辰禹看著宥亭幾乎沒有改變的面容說道，話一出口便引來一群烏鴉，隱形的嘎嘎聲驅散了本來煽情的氣氛。

「……郭吉努，怎麼我剛回來你就又把我送走啊？」宥亭破涕為笑。

「我哪有啊！」辰禹無辜地拉過詠燦，悄聲問：「那是什麼意思？」

詠燦扶額。「音容宛在是弔唁死者說的話啦！」

「啊啊啊，我不是這個意思……」

這份重逢得來不易，他們繞了好大一圈、費了好大力氣，才能擁有這簡單的擁抱、簡單的笑容。

當一切告一段落後，宥亭也將另一半的真相——關於退團之後周遊列國學習音樂的事情告訴了團員們，補上了七年的空白，四人熟稔如前，好似從沒分開過，擠在「East Light」工作室裡看允書的比賽。

當看到登場的製作人是東明時，團員們的視線不自覺地集中到宥亭身上。

「等一下，東明哥在那裡的話，妳是不是也在那裡？」呂澤抱胸，有點質問的意味。

「當然啊，那是我寫的曲子……」話還沒講完，宥亭便發現不對勁。「你們幹嘛啦，我是去工作的，不是故意去找允書喔！」

「妳還自己承認！」辰禹拿起抱枕就往宥亭身上丟，被詠燦接住。「偏心啦！偏心啦！妳都不知道我們為了找妳有多辛苦！」

「你是有多辛苦啦！」詠燦又將抱枕砸回辰禹身上。

看著這久違的溫馨……不，吵鬧畫面，勇旭實在是不忍心打斷他們，但正事仍然要做！「我說你們，不是還有七周年的演唱會嗎？沒有要看比賽的話就去練習吧。」

在所有風波結束之後，「YouRock!」以獨立樂團的形式重新啟動，由勇旭負責他們的行程安排，包括這次的七周年演唱會，他更是發揮了經紀人的專業能力，迅速敲到了能夠容納上千人的

Live Hall，售票時間一到，門票被瞬間掃空。

當然，他的專業能力還遠不止這些。

「宥亭，日本那邊剛剛打電話來找妳，說是講紅毛妳就會知道。」

「喔。」宥亭依舊保有製作人的身分，作曲的邀約不斷。她起身離開小廳，走到錄音室，拿起手機才發現來訊息的不只日本的樂團，還有允書——那是賽後他與隊友們的合照，還用中文寫著：「我們全都進決賽啦！」

還沒回撥日本樂團打來的電話，她就衝回小廳：「欸！我們偷偷去韓國幫允書加油！」

＊＊＊

七周年演唱會，偌大的Live Hall座無虛席，眼看著即將開演，宥亭將團員們召集起來，他們圍起圓陣互相看著彼此的模樣。

相隔許久再揹起樂器，宥亭感到非常不真實，她現在正和團員們站在一起，而不是遠遠的望著他們，內心感慨萬千。「我以為今天再也不會來了，結果我站在這裡……我竟然跟你們一起辦演唱會，哇！全身都在抖……」

「如果不是妳，我們也不會站在這裡。」呂澤推了推她的額頭。眼前這個早就長大的女孩，在他眼裡仍然是那個帶著傻氣和勇氣往前衝的鄰家妹妹。

「啊——我好緊張！外面這麼多人是真的嗎？」辰禹仰頭大喊。「這是五分鐘前啊五分鐘！」

「不行！我心跳也好快！」一向穩重的詠燦也慌了手腳。「到底是興奮還是害怕都搞不清楚了！」

「兩分鐘！」工作人員來到後台報時，加重緊張感。

「啊——」

「喔——」

四人同時大喊，好似要把激動全都發洩出來，聲音卻淹沒在場外尖叫聲中。

深深呼吸後，宥亭伸出手，掌心向上，團員們會心疊起手塔。

「隊長不要光笑，說話啊！」呂澤用肩膀撞了撞持續傻笑的宥亭。

「今天不要受傷、不要勉強，舞台上只需要……」

「全力以赴享受！」團員們同時接話，讓宥亭相當驚喜，原來他們一直記得自己說過的話。

「一、二、三！You rock！」

即使前一刻還忐忑不安，當站上舞台，他們就蛻變成蝴蝶，音樂彷彿是他們五彩繽紛的翅膀，向著台下綻放的笑容飛舞。

雖然五缺一，甚至是缺主唱，但本就實力不俗的四人將舞台呈現得淋漓盡致，從熱門組曲到多首經典翻唱，從熱力四射的搖滾快歌到深情淒美的抒情敘事，從活潑開朗的輕爵士到高貴雍容的古典樂，他們把各自所長展露無遺，像一顆顆琢磨光亮的鑽石，閃耀屬於他們的光芒。

演唱會終場聊天時間，四人聊起一些往事，不管是粉絲們知道的、還是不知道的。

辰禹看著舞台正前方的攝影機，突然很興奮。「我想起來一件事，是熱音大賽決賽彩排的事情，那時候允書問我舞台前面那些紅紅的燈是什麼，我跟他說那是貓頭鷹。」

「什麼？」詠燦也沒聽過這件事。「我們都在認真準備，你們竟然在玩？」

「所以我講完就被姐瞪了，我還記得那時候我們在吵架嘛，姐超兇，每人揍一拳！」

此話一出，台下一片譁然。

「幹嘛啦，你們以為姐都是表面上那麼溫柔喔？」辰禹對觀眾們的反應很傻眼。「她可是『任boy』啊！」

「吉努，你現在想被我揍嗎？」宥亭幽幽開口，對辰禹眨眼一笑。

「那天姐給我留下很深刻的印象。」辰禹收斂笑意，表情真摯。「一個人有多少責任感都會體現在行為舉止上，當我們幾個態度鬆懈的時候，姐被我們氣到發飆，哭著給我們一人一拳，可是她講的話卻很冷靜、很有道理，我記得她要我們問問自己『我今天站在這裡是為了什麼』，她那一拳直接把我打醒。」

辰禹難得說出內心話，讓團員們紛紛回想起那個當年、那年青春、那時充滿希望的臉龐，那段曾經失落的美好。

「所以我很認真的想，我站在舞台上是為了什麼？」辰禹指向觀眾，咬唇甜笑。「為你寫詩，為你靜止、為你做不可能的事……」

台下各種融化、各種開花，只有團員們各種嫌棄的嫌棄、蜷縮的蜷縮、跺腳的跺腳。

「吼，害我剛剛還有點感動，要不是在台上，我現在就想打你。」詠燦嘴上說，但沒有真的起身行動，因為他看見辰禹眼眶懸著的晶瑩。

對他們來說，能夠重聚就是奇蹟，站在這裡更是一種不敢奢求的幻想。

「我想我們真的做到原本以為不可能的事了。」呂澤欣慰地環顧台下跟著一起哭、一起笑的粉絲們。「如果不是你們把這個空蕩蕩的地方填滿了，或許我們也不會想起唱歌給你們聽是一件多麼快樂的事情，也不會想起當初我們站在舞台上是為了什麼。」

「真的……我不常說這些話，在我們最失意的時候，或是最不起眼的日子，看你們發的貼文，說想念我們、說不管怎樣都為我們加油，看多了很心疼……」詠燦鮮少流淚，上一次哭還是解散的時候，此時卻一度哽咽說不出話。「……我說不出讓人期待的話，明明我什麼都做不到，你們仍然支持我們，很感謝、也很對不起……」

「其實最該說對不起的人是我，不論是對團員們還是你們，因為我的自私，以為消失可以解決一切，結果沒辦法給團員們留下真正的夢想，也沒辦法讓你們看到完整的『YouRock!』……」宥亭接過工作人員遞上的衛生紙，她抽了幾張一一分給團員。「繞了好遠的路，才發現自己沒有那麼了不起，還讓你們為了找我那麼辛苦。」

「回來就好了，為什麼要說對不起啊……」

「郭吉努，你哭得好醜。」呂澤接過衛生紙，拭去他滿臉的淚痕。

「我太高興了嘛……」越說，他就哭得越一發不可收拾。「姐回來了，我們又辦演唱會了，台下滿滿的都是來看我們的……我真的好開心，謝謝你們……」

大概，多年積累的話語最後都醃漬成「謝謝」，在一片淚海中舉杯。

「允書也跟我們在一起就好了。」

「最後一首歌〈Dream Light〉送給好不容易聚在一起的我們，還有此時此刻一定也在努力練習的允書，」儘管還殘存一點缺憾，這次，所有人都掛上了微笑。「以及最重要的你們……」

如果夢想是一片星海，那麼即使被巨浪沖散漂流，也願意重新拉開船帆；如果夢想是一顆豔陽，那麼即使被耀眼光芒刺瞎，也願意在它的照耀下奔跑；如果夢想是一道彩虹，那麼即使它總是遠在天空彼方，也願意為它翻山越嶺。

夢想是什麼？是遍體麟傷穿越的荊棘林、是纏住身體難以呼吸的繃帶、是無盡黑洞般的漩渦；夢想是什麼？是穿過黑暗後潤水盈盈的旋律、是在花園中綻放的歌聲、是在樹叢枝葉間跳耀的節奏。

一樣的故事、一樣的人、一樣的曲子，在經過歲月歷練後，多了一份珍惜，淘氣依然、熱情如舊，他們沒有失去對音樂最純粹自然、最天真無邪的心。

如果夢想是一隻在氣旋中展翅的老鷹，那麼他們就是那片藍天；如果夢想是一位巧手精煉的工匠，那麼他們就是那顆閃耀動人的寶石；如果夢想是一群坐在樹上看星星的孩子，那麼他們便是那顆最輝煌的星星……

他們的眼神堅定、誠懇，充滿希冀、期盼，眺望著、低吟著、搖擺著，和著台下的大合唱直到流淚哽咽再也唱不出半個字。

為了這一片燈海，等得好久、走得好累，可是再久再累，如果還能一直換來這樣的感動，他們等得再艱苦也堅決望著前方、走得再蹣跚也提起勇氣邁進。

電視螢幕上正播放由勇旭傳來的演唱會片段，看著團員在舞台上揮汗跑跳的身影和幸福歡笑的表情，允書一邊感到高興欣慰，一邊又有些惆悵，因為團員刻意空出主唱的位子，沒人站在那裡。

「你在想像自己跟他們站在一起嗎？」金志勳也發現了這個小細節，他仔細觀察允書的表情，不難看出他的嚮往。

「能一起當然很好，說不想是假的，但是我們已經走在不同的路上，儘管如此……」話中，他習慣性摸了摸套在指上的思念。「只要目標相同，我們就是一起的。」

影片播畢，他起身向金志勳行禮後離開社長室。

金志勳凝視畫面上的四人，許久，做了個瘋狂的決定。

＊＊＊

韓國，決賽之夜。

大型攝影棚人山人海，全是前來支持選手的粉絲、親友和各家經紀公司高層，還有前段時間淘汰的練習生們，所有人都激動地等待比賽開始。

「YouRock!」團員們受金志勳的邀請來觀賽，被安排在親友席，這一切允書毫不知情。他們並肩而坐，緊握螢光棒的手心滲出了汗，比自己上台表演還緊張一百倍。

「啊啊啊，忙內還好嗎？他會不會在後台瑟瑟發抖？」辰禹一手扒著詠燦的手臂，不知道的人會以為他在看恐怖電影。

「你才不要瑟瑟發抖，這句話不是這樣用的！」詠燦拔開他的章魚爪，手臂上浮出明顯的掌印。「坐好啦！」

觀眾席燈光一暗，現場尖叫聲四起，先是所有選手的開場表演，筆挺的制服、整齊的舞步、俐落的隊形、炫麗的舞台效果，都讓現場鼓動沸騰不已，四人在位子上也亢奮得像個粉絲。

表演結束，舞台燈暗了下來，大螢幕上開始播放事先錄好的影片，描述選手們這半年來的心路歷程，有歡笑淚水、有順境挫折，也有讓選手們陷入深思的採訪片段——

「你為什麼喜歡音樂呢？」

攝影機前，允書面對提問，毫無猶豫地揚起愉悅的嘴角。「因為我喜歡人們沉浸其中的表情，無論台上台下，無論表演者還是觀眾，我喜歡看他們露出那種『世界上最幸福』的表情。」

「有特別讓你印象深刻的嗎？」

他仍笑著，笑裡帶著一點飄渺、一點唏噓、一點牽掛。「有啊，以前在台灣一起組樂團的哥哥姐姐們……」

「那是怎樣的表情呢？」可能是看見允書閃爍的眼眶，工作人員的聲線也變得柔和。

「要怎麼說好呢……」他突然低下頭手忙腳亂地拭去斷線的淚珠，慌張得像是連自己也沒想到似的。「啊，對不起，我不知道我會這樣……」

對他來說，或許早就遺忘最初喜歡音樂的原因，與團員們在一起的經歷卻成為他深愛音樂的另一個契機。

工作人員遞上衛生紙。「嗯……他們可能正在看節目，要不要跟他們說點話呢？」

稍微緩和了情緒，允書抬起頭時也牽起了酒窩微笑。「我所愛的團員們，你們過得還好嗎？我在比賽的時候總是想到你們，也想起很多快樂的回憶。過去半年內，你們也是我最大的力量來源，雖然我很壞，沒給你們回訊息……」他深深呼吸，接著說：「我真的真的真的很想念你們，儘管我們走在不同的路上，我相信有一天會在舞台上重逢，『YouRock!』一直是最棒的！」

羈絆或許就是如此，五人的心扭上了一條堅固的繩子，一旦打上了結就無法輕易切斷。

感人肺腑的影片結束，比賽正式敲響戰鼓。

每位選手都使出渾身解數，聲嘶力竭地唱、渾然忘我地跳，力求出色的表現以取得出道名次，這半年來的訓練成果也在這短短的幾分鐘內獲得展現。

四人在允書出場時特別激動，看他節度有制的舞蹈動作，熟悉不已的清朗嗓音，享受其中的深邃酒窩，不禁想起第一次聽他唱歌，在學校的小禮堂，簡單的布幕背景和空氣寧靜的伴奏，那位稚氣的流浪詩人如今寫了首更寬廣無垠的詩，蛻變成陽光草原上的王子。

然而比賽終究需要結果。練習生們排排站在中央舞台，面向擺著出道位的金字塔，這幾步間的距離對於某些人來說將是最閃耀的紅毯，對某些人來說卻是最絕望的斷橋，所以全都繃緊神經，揪著心迫切期盼聽見自己的名字。

隨著出道名次逐漸公布，沒剩幾個名額，前一次順位發表時還在出道線內的允書還沒被叫到，團員們也越來越忐忑不安，每公布一次，就默念一次允書的名字，直到剩下最後一個位置。

「請公開最後出道位的兩位候補！」主持人話剛說完，大螢幕立刻顯示徘徊在出道線邊緣的選手——允書和姜璘。

在現場粉絲的瘋狂尖叫中，兩人走向主舞台等候發表。這是一個殘忍的機制，兩個人都接近象徵出道的金字塔，可是一個人將登上階梯，一個人將走回中央的孤島。

「最後取得出道資格的那位，他擁有一副好歌喉，是大家眼中的實力主唱……他是——」背景音樂節奏緊湊，主持人拉長了尾音，扯住了在場所有人的心，兩人牽著手，低著頭緊閉雙眼。

「恭喜……個人練習生，姜璘！」

瞬間歡聲雷動，姜璘摀著臉完全不敢置信，就連允書用力擁抱也沒緩過神來，抓著他狂問：「是我嗎？真的是我嗎？」

「哥！是你啊！是你是你！」允書抓著他的手跳啊跳的替他高興。

姜璘接過主持人遞上的麥克風：「騙人……太不像話了……」

現場響起鼓勵他的掌聲。

「我真的沒想到我會出道，我完全沒有準備感言啊……」他靜默了幾秒鐘，整理凌亂的思緒。「嗯……我要先謝謝給我投票的粉絲們，還有不斷支持我的隊友、家人。也要謝謝允書，我們在比賽期間一直是室友，他聽我吐了很多苦水，總是幫助實力不足的我……」說著，換他主動給了允書一個擁抱。「然後還要謝謝在上一輪比賽的製作人，東明哥還有一直不讓我用敬語的宥亭，如果不是你們發現了我還能做的事情，我可能會就此消沉下去。我以後會更拚命、更積極的追求進步，讓大家看到更好的我，謝謝大家！」說完，他深深一鞠躬，在一片祝福中轉身登上金字塔。

「現在請允書也發表感言吧。」

雖然他以些微差距落選，但他始終保持著笑容，因為他問心無愧，沒有遺憾地完成了與團員的約定。

他剛接過麥克風，台下突然一陣不小的騷動引起他的注意，只見在場的粉絲全都指著同一個方向，順著看去——「YouRock!」團員們站著高舉自製的橫幅，用韓語寫著：「謝謝你遵守了約定」。

過去所有的付出在這一刻全都得到了認可，一切委屈、冤枉、疼痛、辛苦瞬間潰堤，允書蹲在舞台上泣不成聲。

「不要哭、不要哭、不要哭……」粉絲心疼聲援，以為他在難過，其實是喜極而泣。

重新站起來，他環顧所有粉絲，目光最後落在團員們身上，定定地望著他們。

「我真的全力以赴了，謝謝大家！」

過去與現在，他都用盡全力、淋漓盡致地享受了。

決賽在選手們的歌聲中落幕，團員們跑到後台區等待允書下台，想給他一個驚喜。

「恭喜河允書長大了！」宥亨送上一支開得鮮豔美麗的向日葵。

「什麼啊……」沒想到團員們在這裡等他，允書一下台便頓了頓腳步，遲遲不敢靠近他們。

「我們是什麼怪物嗎？」呂澤主動上前抱住他，揉揉他的頭髮，不改以前的習慣。「河允書，做得好！」

「阿澤哥……」

「欸，好久沒有見面，你用眼淚歡迎我們啊？」剛剛吸住的淚水眼看著又要掉落，詠燦勾住他的肩，變出一根棒棒糖。「辛苦了。」

「燦尼哥還不是，眼睛裡面那是什麼！」允書拿走棒棒糖，不甘示弱地指著團員們泛紅的眼眶。「吉努怎麼哭得比解散的時候更慘啦？」

「我、我才沒有……是花粉掉到眼睛裡啦……嗚……」辰禹抬手在臉上胡抹亂抹，眼淚反倒像傾盆大雨般狂掉。「花粉……向日葵……」

「不知道的人還以為你是選手呢……郭吉努你真的很誇張。」呂澤無奈，自己也是笑中帶淚的。

宥亭張開雙手，欣然將允書抱住。「忙內呀，辛苦了，謝謝你。」

五人抱成一團，這份完整的擁抱究竟有多不容易、有多難能可貴，沒有人比他們更加深刻體會。

友情是很奇妙的東西，總有那麼一瞬間，會因為它憤怒、衝動、歡笑，會因為它迂迴牽掛，因為它在最痛苦的時候得到撫慰，因為它在最安靜的時候突然喚起思念——那就是信任、那就是依賴、那就是友情。

或許在抽屜裡，或許在口袋裡，或許在書桌底下、在枕頭底下；或許當經過街口的雜貨店，抬頭仰望電線上的麻雀；或許當停在人行道邊等紅燈，俯首凝視鞋緣的泥土——那份信賴、那份情感會在最不起眼的一隅，為最平凡不過的自己停留。

***

決賽結束後三個月，「YouRock!」以五人之姿回歸樂壇的消息攻占各大媒體版面，網路討論度居高不下，天天都是演藝圈的熱門話題。全員簽入韓國Grass Music旗下，並在台灣成立專屬工作室安排他們在華語圈的活動。

新專輯同名主打歌「Restart-重啟」與老夥伴「East Light」的東明合作，團員們全程參與製作，融合了他們在這七年間的歷練和心聲，譜出一篇逆襲夢想的佳話。

「勇旭哥！任宥亭到底下飛機了沒？」

巡迴演唱會後台，所有人忙得不可開交，時間所剩不多，唯獨不見前天去日本出差的宥亭，呂澤看了眼手機，那丫頭連訊息都沒有回，他著急得快爆炸了。

「人都來了，不要喊了啦！」宥亭讓工作人員幫忙戴上監聽耳機，自己則在打胸前的領帶，怎麼樣都繫不好。「我有算好時間，早跟你說過不要擔心了啊。」

看她笨手笨腳，呂澤抽掉她那歪七扭八的領帶，輕而易舉地打好一個漂亮的結，順手推了推她的額頭。「妳要是給點聯絡的話，我還會擔心嗎？」

「會！」不只宥亭，連其他團員都異口同聲。

「哥沒有不擔心的時候。」允書習以為常地說道，調了調自己有些歪的領帶。

「對啊，明明最該擔心的是他自己……」詠燦在一旁附和，丟掉吃完的棒棒糖棍子。

「什麼意思？」宥亭對他們的話感到納悶。「吉努你有聽懂嗎？」

辰禹聳聳肩，故意扯亂自己的領帶。「阿澤哥！我的也亂了！」

「閉嘴。」呂澤直接巴了他一掌，其他兩人也不例外。「你們再鬧試試看！」

「這到底是什麼梗？阿澤你的臉怎麼了？」宥亭好笑地看著眼前的鬧劇，不解其中的含意。

「吼……哥原來你也會臉紅啊？」辰禹乖乖地重新打好領帶，嘴上仍不願意乖乖地放過不知所措的呂澤。「看起來真是紅顏禍水啊！」

呂澤滿臉黑線、詠燦無奈扶額、宥亭噴笑出聲、允書呆懵歪頭，辰禹見到他們這般反應，立刻會意過來，難為輕地搔搔頭髮。「啊！我說錯了嗎？嘿嘿……」

「算你有點自知。」宥亭伸出手，掌心向上。

上一次五個人相互打氣好像已經是很久很久以前的事情了，但那些已然不重要，重要的是他們擁有彼此，在這擁擠的圈圈裡看著彼此最幸福的模樣。

如果時間沉澱了每一刻的發生，歲月將它醃漬成回憶，只有再次開封品嘗，才會知道它是更加酸澀、甘醇、清鹹，或者……苦盡甘來。

舞台燈亮，萬人歡聲宛如一場大雨，五人身穿當年的學生制服，用最初始的樣貌，乘著升降台緩緩登場——雨過天青，展翅越過彩虹。

番外

記憶殘片

（一）任宥亭：來自小倉庫的禮物

每天都在矛盾與無助中渡過，這是我退團之後的日子。不能陪伴他們的每一秒都在後悔，偷偷望著他們的每一刻都在害怕。我常在想，如果我也在那裡該有多好？從來沒有想過自己竟然會站在台下看團員們開演唱會，而那光芒四射的地方本該有我的位子，我應該跟他們同甘共苦，我卻不能這麼做。

若因為我而害到他們又該怎麼辦才好？這後果不是我可以承擔的，至少現在的我……還不可以。

「宥亭，你真的要退出嗎？」媽媽總是反覆問我一樣的問題。

「先暫停活動而已，等我畢業再回去。」而我總是回給她一樣的答案，只是這個「回去」遙遙無期，我再清楚不過。

收拾在台灣的回憶，我獨自到了英國，在一個完全陌生的環境開始新生活。

寄宿家庭的勞倫斯夫婦對我非常親切，他們有個兒子朱德，比我大了五歲，也喜歡音樂。剛開始他完全不理我，每天躲在後院的小倉庫裡彈吉他，直到有一天勞倫斯太太請我到小倉庫裡拿東西，他才第一次跟我說話，而說話的契機，是因為我哼著歌。

「這是什麼歌？」

「是我自己寫的歌。」我如實告訴他，正當我以為他不會感興趣時，他拉住我。

「可以唱完給我聽嗎？」

我不明就理，心裡有些為難，一方面是太突然，一方面是覺得彆扭，於是只給他看了樂團表演的影片。

「妳也在那裡，他們是妳的夥伴嗎？」他指著在台上彈琴的我問。

「是……」

他點點頭，笑了。「你們看起來很快樂，真正享受舞台就是這個樣子。」

我很震驚，這是我第一次聽到別人對於我們舞台的評價，而這個評價對我來說是最高的讚美。音樂本就必須快樂，而舞台也理所當然值得享受，被他這麼稱讚我真的很高興，同時也很失落。

因為我不知道這種快樂、這種享受，什麼時候還能擁有？

那天起，他總是找我討論音樂上的事情，我才開始慢慢了解他也是一個玩樂團的人，甚至連名字都跟英國最有名的樂團披頭四有關係。

「我父母都是披頭四的狂粉，最喜歡的一首歌叫做〈Hey! Jude〉，聽過嗎？」他拿起吉他，沒等我回答就開始彈唱起來。

起初我只是聽著，漸漸的，我就不只是聽著，而是得到了某種安慰，直到他唱完，我才發現自己早就滿臉淚痕。

「我和朋友這週五晚上有個表演，妳要來看嗎？我可以到學校接妳。」他沒有嘲笑我的淚水，反而淡淡地提議道。

我答應了他的邀請，開始期待星期五的到來。

星期五下課後，我在校門口看見了他的車，車上還有勞倫斯夫婦，我很意外，直到抵達現場才知道，今晚是披頭四之夜，朱德和他的朋友是小鎮上最有名的樂團，雖然只在小鎮裡活動，卻得到全鎮居民的喜歡，他們總是在週五開音樂會，這也就能解釋他為什麼需要每天閉關練習。

和勞倫斯夫婦坐在一起，靜靜地看著台上的朱德做準備，我心裡有些羨慕。

「我覺得我兒子站在台上就是最帥的！」音樂會都還沒開始，勞倫斯先生就跟我炫耀起來。

我當那只是一個父親對兒子感到自豪，我想每個父母多多少少都會這樣，可是真的當表演開始，我才逐漸理解他的話——做自己喜歡的事情，才是最閃耀的。

台上的人盡情演唱、台下的人跟著搖擺舞動，我身在其中受眼前的景象震撼，原來真正的享受是這個樣子，原來在朱德眼裡我曾經也是這般快樂、這般享受！我想起離開台灣前看團員們在演唱會上的樣子，好像跟我曾經感受過的、跟我此刻感受到的完全不同……他們快樂嗎？享受舞台嗎？

直到音樂會結束後，我仍在思考這個問題。

「我們的表現怎麼樣？」朱德和他的朋友在我面前，笑著等我說點什麼。

可我答不上來，因為對我來說剛剛那簡直是全新的感受。

「我可以理解。」朱德大笑開來。「下次妳也來跟我們一起練習吧！我們缺了一個鍵盤手。」

「可以嗎？」突如其來的邀請讓我反應不及。

「當然可以！朱德常常跟我們提起妳，聽說妳是很好的鍵盤手！」其中一個朋友欣然同意了，其他人也紛紛點頭。「歡迎加入我們！」

就這樣，我糊裡糊塗地成為他們的團員，開始跟著他們每週五在小鎮的廣場上表演。能重新站上舞台的喜悅是沒辦法隱藏的，我開始變得很期待放學，期待躲進小倉庫裡練習，期待拿到新曲子，期待星期五。

「女兒，妳今天看起來真開心。」勞倫斯太太總是這麼叫我，她喜歡在早餐的時候探探我的心情，我什麼狀態都逃不過她的眼睛。

這天正逢星期五，我換好了制服，坐在餐桌前用餐。「今天又可以表演了，我當然開心。」

「開心很好，我喜歡妳這種轉變。」她給我倒了杯牛奶，眼角嘴角全是溫柔。

轉變？我很疑惑，難道我來的時候一點都不開心嗎？

「打從心裡的開心，和告訴自己應該開心是不一樣的。」大概是看出我的疑惑，她解釋道：「妳剛來的時候我很擔心，不知道妳是不是在台灣有什麼難過的事情，或者是妳不想要來這裡。」

我很吃驚，根本不知道原來自己的心情全寫在臉上。

「後來朱德給我看妳表演的影片，和我認識的妳完全不同，我們決定讓妳回到那時的快樂，所以才有接下來的事情，現在看妳的模樣，我真的很高興。」

原來，一切都是為了恢復我的心情，他們付出了努力，而我的笑容讓他們感到一切努力都很值得。由音樂而受傷的心，竟又因為音樂而痊癒，我想……這大概就是讓我更加深愛它的原因吧。

那天表演之後，我回到房間，翻找了一些團員最近表演的影片，很奇異的是，我竟然懂了勞倫斯太太說的剛認識時的我、那個令她擔心的我，在我重新開朗起來後，才發現團員們其實並不快樂，我的離開沒有留給他們最美的夢想，反而是分崩離析的開始。

於是我重新開始寫歌，甚至請朱德和朋友們幫忙錄製Demo，寄給東明哥，希望我這一點點鼓勵能夠讓團員們重新獲得力量。

可是「YouRock!」最後還是解散了，就在我快要從高中畢業的前夕，沮喪和挫敗重重擊碎我的心，得知消息的那天，我趴在勞倫斯太太的膝上哭了好久，這比我獨自離開還要難受幾百倍。

「女兒，我很遺憾，也為妳和妳的朋友們感到難過。」她一下一下輕柔地拍打我的背，像哄小嬰兒一般。「但我很高興妳能夠哭出來，哭完後，要振作起來，想想妳能做什麼事情幫助他們，像我們對妳做的一樣，我相信妳可以！」

我抹乾眼淚，她遞給我一杯水。「好點了嗎？來幫我準備晚餐吧。」

勞倫斯太太的話點醒了我，我開始思考自己能做些什麼，最後想起東明哥曾經邀請我加入他的作曲團隊，我知道那不是假話，於是主動聯繫了他，在高中畢業後直接跟著團隊到處旅行、表演、學習，在世界各地留下足跡。

記得畢業典禮那天，回家後，朱德帶我到小倉庫去，給我一大串鑰匙，然後指著倉門上的鎖頭。「把門打開吧！」

小倉庫從不上鎖的，突然要我開，讓我摸不著頭緒，但我還是照做了。鑰匙很多，鎖頭卻只有一個，不管我怎麼猜，都打不開，只得重新靜下心來，一把一把地嘗試，直到找著正確的鑰匙，終於打開了門——

等著我的是朱德的朋友們，勞倫斯夫婦也在那裡，他們身後是一大面照片牆，那些全是我在這裡的回憶，有在學校的、在小倉庫裡的、在前院念書的、和勞倫斯一家出遊的，而最多的是每週五晚上在廣場表演的照片。

「每次妳在台上的時候，爸爸都會跟旁邊的人炫耀說『我的女兒站在台上就是最漂亮的』！」朱德說道。

「你在台上怎麼知道？」我笑，以為他又在鬧我。

「媽媽告訴我的。」朱德讓我轉身看看滿臉燦笑的勞倫斯夫婦，於是我上前投入他們的臂膀。

「謝謝你們。」謝謝他們對我的包容、關懷、愛護和視如己出。

「女兒，我們才要謝謝妳，妳對我們來說是最棒的禮物。」勞倫斯太太給了我一本厚厚的相簿。

「這樣我們就能各自擁有一樣的美好回憶。要記得，以後不管發生什麼困難，都要像打開倉庫的門一樣沉著，找對方法、不斷嘗試，就能得到甜美的果實，請記得我們隨時歡迎妳回來……」

「親愛的，畢業快樂。」

我永遠都不會忘記勞倫斯夫婦，不會忘記朱德和朋友們，還有這份來自小倉庫的珍貴禮物。

（二）李詠燦：一個願打一個願挨

我不知道是學校電腦出錯，還是我的眼睛出錯，為什麼我會在分班表上看見那傢伙的名字？

「哈！找到了，李詠燦！我們又同班了耶！」就是這傢伙，郭辰禹。

「這沒有很值得高興。」我沒有討厭他，只是他有點麻煩。

「哎呀，國中三年加上高中，我真的覺得我們是天生一對、兩心相許！」他勾著我肩膀，一本正經的胡言亂語，儘管我知道那不是故意的。

「嗯，所以呢？」旁人笑到岔氣，我都找不到吐槽點了。

「我講完啦！」他總是笑得傻里傻氣，句子斷得糊里糊塗。

要不是考資優班落榜，我也不會在這裡，也許當初決定直升高中部就是個錯誤。老實說我也不明白為什麼郭辰禹老是纏著我，老是把我的節奏帶跑，明明我總是板著臉吐槽他。

「你想參加什麼社團？」他問。

「爵管。」新生手冊上的社團介紹與國中時看的大同小異，我依然對爵士管樂情有獨鍾，國中時用低音號沒考進去，高中就換一個樂器考考看。「你不要跟來啊！」

「才不會，我不想被限制在一個風格裡。」

這是他唯一讓我覺得帥氣的地方，他對吉他的熱愛勝過一切，眼裡只有怎麼把吉他彈得更好，總是拉著我討論編曲架構，要我幫他配鼓，過程中如果不滿意就一直修正，以極其細膩到可堪稱為龜毛的執著，修正到滿意為止。

我很欣賞他這種執著，但希望他可以分一點在成語造詣上。

「你不在吉他社的話，我會很無聊欸。」我要參加入社考試的那天午休，他給了我一根棒棒糖，當我正要拿走時又收回去。「還是你不要去考了？」

我抽走棒棒糖。「你最好是會無聊啦！大王！」

那天我考進爵管的打擊部，沒想到老師要我兼職吹低音號。直到那時我才得知，之前彈貝斯的學長退團後，低音部就一直空著。我當然很高興，考試結束就衝去跟郭辰禹炫耀，但那人在座位上裝深沉。

「很好啊，我也差不多需要獨立了，不需要你了……」說著，他抬頭望向窗外，兩隻鴿子在窗台上整理翅膀，不一會兒就飛走了。「悄悄地我走了，正如我悄悄地來；我揮一揮衣袖，不帶走一片雲彩……」

「同學……那不是第一課，我們還沒有上到那裡。」我不住失笑，他那段竟然是用唱的，咬字精細、抖音磅礴，還真別有一番風味。「你幹嘛用唱的？幾零年代的啊你？」

「同學，這你就不懂了，音樂不在乎你聽的長度，而是深度。」他輕咳幾聲，模仿國文老師折書朗讀的樣子，其實手上什麼都沒有。「它的意境不是常人可以體會的……」

這倒是說到重點了，他本人就不是什麼常人。「喔，那要怎樣的人才可以體會？」

「有夢的人。」

於是我懂了，為什麼我們總是分不開，應該說是懂了為什麼他總是纏著我。

半年以後，我跟他都選上了熱音大賽的代表，我記得某個下雨的日子，我們團練結束被困在騎樓裡，我問姐為什麼同時選了我跟辰禹，她說了一句話。

「一個願打，一個願挨啊。」

「蛤？姐妳又『辰禹化』了喔？」

「我跟阿澤也是這個樣子。」她搖了搖頭，笑得極淺。「不對……成分跟你們兩個不一樣。」

「什麼意思？」有時候，我也跟不上姐的思考速度，她也不是個常人。

「你們兩個有一種特殊的相處模式叫做習慣，你有發現他的爛梗只有你接得下去嗎？」她微微仰頭，不知道是在看雨、還是在看天空。「很多人都是這樣，找到一個可以包容自己的歸宿之後，就不願意離開。」

「為什麼這聽起來有點像愛情？」

「友情也是一樣，『YouRock!』也是一樣。」

願打的人是我也是辰禹，願挨的人是辰禹也是我，雖然表面上看起來都是辰禹帶跑我的節奏，其實也是我帶著他踩著節奏。這是我和辰禹的相處模式，已經習慣的模式。

像姐說的，「YouRock!」也有類似的相處模式，時而像淘氣鬼打鬧，時而像公司高層爭執，可是這個名字就像我的歸宿，問我願不願意離開？我會立刻給一張否定的鬼臉。

我向來喜歡窩在一處的安全感，「YouRock!」在我毫無防備的時候成了我的樹洞，我曾經排斥它闖入我的生活，它卻潛移默化成了我的生活，最後……成為最銘心刻骨的掛念。

無論是以沉默看透一切的阿澤哥，還是勇敢站在最前方的宥亭姐，或是用盡全力發光的小太陽允書……

「燦尼！你思考的這角度不錯看耶！終於找到帥的角度了。」辰禹鑽進我跟姐之間的縫隙，勾住我的肩膀。

對了，還有煩死人不償命的我的摯友。

「本人零死角好嗎？」

「我才是三百六十度……」

「三百六十度都是死角。」

我一直以為這種模式都會持續下去，一個願打一個願挨。

結果純挨打的日子還是來了，突如其來。

姐離開了，在我們都以為夢想要實現的時候。

「這算是背叛嗎？」

辰禹的話在我腦袋裡轉了好多天，我不斷挖掘記憶想找出她的異狀，可是除了看起來很累之外，一無所獲。很多時候我幾乎要放棄，也想跟辰禹一樣生氣、一樣埋怨，但我不願把自己的猜測當作真相，我不想徒增誤會，尤其是誤會一個比誰都要用心良苦的人。

沒人再提起任何關於姐的事情，直到她把曲子寄回來，用一首歌告訴我們，她還惦記著我們、掛念我們；用一首歌告訴我們，她不是故意丟下我們，只是有很多說不出口的苦衷。

「宥亭走的時候有留下任何東西嗎？」

東明哥一手的食指和拇指圈住另一手的食指，我們紛紛看向自己的手指。

這才明白，我們不願意放棄的東西，她同樣不願意放棄，她離去的只是腳步，心還在我們這裡。

我忽然想起那個從爵管考完試回來的午後，那首被辰禹胡亂解釋的詩；想起練團後的那場陣雨，姐那句一個願打一個願挨。

這才明白，真正挨打的，是她。

「辰禹，你還覺得姐背叛了我們嗎？」

他哭得唏哩嘩啦，抓著我的袖子往臉上亂抹。我想他本就沒有那麼想，說的都是氣話。

「允書，你還覺得姐拋棄了我們嗎？」

他也泣不成聲，摀著臉搖頭。我想他大概在感激這首猶如天降甘霖的曲子，讓他可以繼續相信他想相信的。

「哥……」哥的話，我還是不要多說了吧。

等到很久很久以後，當我們得知姐離開的真相，哥就成了我第一個擔心的人。

「她為什麼不讓我們陪她呢？」他的一句話藏有成千上萬的潛台詞，那些叫作「自責」的句子。

「因為她不願意讓我們陪吧，她知道我們肯定會想陪她面對，但那後果是什麼？」

後果連我都不敢想像，可是姐思考了、下了決定，甚至在我們頹廢的時候做足了準備。「既然她想回來了，那我們就幫她把剩下的路都鋪好吧。」

如果只能用一句話形容我們的互助合作，我覺得還是那句「一個願打一個願挨」。

倘若沒有這份甘願，我們又怎麼承受得住強烈的痛楚？又怎麼兜兜轉轉這麼大一圈，在各自的世界成熟後再回來相聚？倘若沒有這份甘願，我們哪來的勇氣，繼續痛下去？

「辰禹，你說得很對。」

「啊？」

「你說過，音樂不在乎聽的長度，而是深度。」

「……我說過這麼有學問的話嗎？」

「我想有夢的人，在一起也不在乎相聚的長度，而是深度。」

「大概吧。」

「你可以懂我說的意境嗎？」

「沒有，你確定你現在還正常嗎？」

「我不確定，但我想如果我打你而你會痛，那我就是正常的。」

這不合理的模式，我會讓它持續下去。

（三）郭辰禹：預約一個下集待續

在我的人生觀裡，其實沒有那麼多事情需要煩惱，當煩惱來了，我都選擇直接面對它，因為青春就是要直線球才熱血。

但，我也逃避過。

最近團內的氣氛總是壓抑凝滯，不吵不鬧，每個人都各懷心事，儘管在舞台上跑跑跳跳、嘻笑打鬧，我很清楚那都是裝出來的，因為連我都是裝的。

明明彈著最喜歡的吉他，我卻感覺不到自己的血液流動，腦袋裡一片空白，我都要以為自己討厭吉他了。

「如果沒有目標的話，乾脆解散好了……」演唱會結束，我下台之後，在一片死寂中開口。

看，連這種爆炸性的話題都沒人接話，沒有人吐槽我是不是開玩笑的，也沒有人要我閉嘴別亂講話，因為大家多少都有一樣的想法……解散，或許可以讓彼此都從這種無力的狀態解脫。

我每次站在舞台上都會想，我今天到底為什麼在這裡？為什麼要違背意願笑成這副噁心的樣子？為什麼要藏匿最真實的自我？究竟是什麼消磨了對音樂的熱情？是什麼扯住了往前走的腳步？

「那就這樣吧，你們的課業壓力也越來越重了，大不如提早暫停活動，讓你們專心念書。」阿澤哥啞著嗓子說出近期以來最長的句子。他是我們之中最安靜的人，本來話就不多，但消沉之後更是鮮少聽見他的聲音。

對，消沉，我總算找到適合的字眼形容我們現在的狀況——自從姐離開，團隊的氣氛就漸漸滑入谷底。

跑通告像例行公事，練團是自己找時間練再抽空合奏，演唱會提不起勁，作曲的產量也少，我開始找不到繼續下去的目標，於是提出了解散。

好笑的是，公司處理的方式就像交活動學習單一樣，讓每個團員寫下對解散的看法，交給勇旭哥統整，最後給我們一個結論：完成最後一場演唱會後就暫停活動，合約到期自動不續約。

換句話說，「YouRock!」解散了，在出道將邁向第三年之際。

我記得連最後一場演唱會都若無其事地結束，我坐在鏡子前，沒有想像中的如釋重負，空虛無措反倒如浪潮般越漲越高，淹沒了心口。這感覺很熟悉，跟熱音大賽決賽彩排時有些相似，又比那時更暈眩一點、更失神一些。

燦尼說，這叫「悵然若失」。

「今天你們先回家吧，宿舍之後再回去收就可以了。」勇旭哥的語速很慢，我想他不是故意拖延下班時間，或許他今天尤其不想下班吧。「明天該上課的人還是要去上課，我會給你們班導師打電話，阿澤你也一樣，關心一下你的翹課數吧。」

「我明天沒有課。」阿澤哥收得很快，和往常一樣的第一個離開會場。

「吼……終於有一個晚上是可以大睡一覺的。」我伸了個懶腰，順便給快要窒息的心情換氣。

說是這樣說，那天晚上我根本就沒有睡，在床上翻來覆去直到早上渾渾噩噩地去上學。

我們暫停活動的消息已經傳得沸沸揚揚，好多同學來找我八卦，可我根本沒有空、也沒有力氣理他們，我有太多的作業和考卷要補，整天只能坐在位子上面跟那些密密麻麻的文字大眼瞪小眼，不管它們是講古文、講外星文、考古還是一堆數字，我知道從今天開始就有義務跟它們混熟，所以我在努力中。一整天下來，偶爾盯著課本發呆，偶爾跟燦尼訂正考卷，好像回到了出道前的生活。

放學後，為了躲避群聚在校門口的粉絲，我和燦尼待在教室裡遲遲沒有回家，有一搭沒一搭地聊起今天哪篇古文看不懂，哪一課的單字背不起來，說起數學又考砸了，還說考慮以後乾脆留下來晚自習算了。

「就知道你們還在。」允書拖著疲憊的身軀走進我們教室，隨便拉了張椅子就坐。我想能這樣亂闖高三教室的人，除了姐，大概就剩下他了。

我沒仔細看過允書穿高中制服的樣子，大概是因為我對他穿國中制服的印象太深刻了吧，覺得很新奇。

「基本上現在也出不去。」燦尼坐在窗台上，遙望紛紛離開校門的粉絲們，眼底有心疼、有歉意，有連我都看不懂的情緒。

「阿澤哥剛剛傳訊息了，你們都沒看到嗎？」允書一說，我才拿起快要沒電的手機，看見哥要我們回宿舍收拾行李。

「昨天不是才說不急嗎？」燦尼跳下窗台，背起書包。

「大概是我吃完的泡麵還沒收，自成一個生物圈了吧。」

「……你真的很噁。」

太陽都下山了，我們踩著路燈的影子踏上歸途。沒想到一開門，迎接我們的竟然是早就打掃乾淨的宿舍，還有一桌子豐富的菜餚。

「哇塞，這是發生什麼事？喬遷宴？鴻門宴？」剛問完，燦尼立刻瞪了過來，我退了幾步。

「開玩笑開玩笑！」

「是演唱會的慶功宴。」阿澤哥從廚房端著幾盤肉走出來，後面跟著身穿圍裙的勇旭哥。「來啊！我們今天吃火鍋！」

在這被稱為「YouRock!」的最後一晚，其實也沒人在乎到底是不是最後一晚，至少不會再有人逼問我們現在吃的到底是第幾碗，也沒有吃完還要去量體重這種沒良心的規定。

兩罐啤酒、三瓶柳橙汁，五個男人像瘋子一樣，卸下防備暢快大笑、嚎啕大哭，為我們曾經熱血過的夢想，和我們想念的人。

「哥，下次我要喝啤酒！」

躺在沙發上，我對趴在桌上的阿澤哥預約了一個下集待續。

事隔幾年，允書回韓國當練習生去了，我和燦尼成了大學老人，阿澤哥大學畢業後接到了兵單、剃了顆乾淨的平頭，我們三個難得聚餐，這次也喝不了啤酒。

「哥，下次吧，今天我們都騎車。」燦尼改點了三杯柳橙汁。「而且我想醒著給你送行。」

第二次送行，送走了第三個人。

這般苦澀，可能比啤酒更苦，卻醉不倒。

我們會嘖嘖嘴，讓這味道蔓延到鼻腔、眼眶，再用柳橙汁沖淡回流的鹹，化學的甘甜會暫時讓人忘卻自己笑得有多虛偽。

其實我們都懂，這是時間使傷口痊癒一貫的方式，它只會給人錯覺，以為自己不過是沒入平凡的洪流，與千千萬萬放棄夢想去追求平凡的人們一樣，成為千千萬萬中的千萬分之一。

沒什麼特別。

「當兵回來之後，想做什麼工作？」燦尼總是看得很現實，現實得讓我懼怕。

「去叔叔開的音樂教室當吉他老師。」阿澤哥仍然是那副處變不驚的樣子，看不出心情起伏。

「你們呢？大三了，沒過多久也要開始為自己的出路做打算，總不能老是窩在熱音社吧。」

對了，「處變不驚」是剛剛上網找到的。
「別擔心啦，搞不好等你回來就換我去當兵了。」
「你是不打算畢業嗎？」燦尼笑了笑，順著我的玩笑繼續玩下去。「也好，這樣我就能安穩畢業，等你出來再當你的家教。」
「你不考慮來當我的管家嗎？」
燦尼丟了個眼神給我，讓我自己體會。
我還給他一個露齒笑，掏出手機撥了通視訊電話。「我要打電話給忙內，讓他看一下哥的平頭！」
鈴聲響得有點久，在我們都覺得無人接聽時被接起。
「喂？吉努喔？」電話那端滿身是汗，頭上還蓋著毛巾。
「你在練習嗎？」
「嗯。」
「給你看個東西！」我將阿澤哥和燦尼帶入鏡頭。「鏘鏘！」
「哇！哥你頭怎麼回事？」允書的反應和我一樣，不留情面地大笑了起來。「哈哈哈……」
「阿澤哥要去當兵了。」燦尼解釋時，他的笑還停不下來。「你笑得比吉努還誇張。」
「對不起，我沒想到哥的頭原來這麼圓，像燈泡……」
「那不是圓形。」阿澤哥本想正色，一秒後還是憋不住笑勁，抱著那顆平頭趴在桌上。「煩欸你們……」

「啊……原來哥要去當兵了，什麼時候回來？」
「明年夏天。」
一年的時間說長不長、說短不短，阿澤哥的語氣有點雀躍，不知道是他正在期待抽離這混亂不堪的一切，還是我擅自將內心的羨慕加在他身上。
「哥要照顧好身體，練八塊肌回來。」
「都給你說就好啦，你練給我看！」阿澤哥拿起水杯掩飾難為情。
允書又笑了一會兒，扯下頭上的毛巾。「既然哥要入伍了，那我也趁這個機會說……我做了一個決定。」
他說，他想認真履行「長大」的約定，他會更努力成為強大、閃耀的河允書，直到完成那天為止都不再跟我們聯繫，他怕自己軟弱、怕又想依賴我們。
他把決心吃進了肚子裡，誰都無法阻擋他。
於是，那天我們不只送走了阿澤哥，還再一次送走了忙內。
然後，我們舉杯，為我們最想念的人。
散了一場不喜不悲的宴席，各自奔向自己的世界，繞自己的圈。
隔年夏天，我拉著燦尼一起理了顆平頭。
「我以為那時候你只是開玩笑。」他搔了搔頭頂，戴上剛買的帽子。
「那時候是開玩笑，現在不是。」我考慮了一整年，我很確定我是認真的。
不知怎地，越接近面對現實的時刻，我就越害怕。想逃避畢業後四處投履歷的自己，想逃避可能加班累到再也不彈吉他的自己，想著想著……就想多延長一點能擁有自己的時間。

「那今天你要喝點嗎？」站在便利商店的冰箱前，燦尼指著啤酒問。

我搖頭，拿了兩瓶柳橙汁。

「下次吧，退伍的時候叫阿澤哥請。」

也許直到那時之前，我可以繼續等候當時預約了的下集待續。

（四）河允書：當風吹散了雲霧，它們仍然閃耀

握著麥克風站在台側，不做為「YouRock!」的允書，只做「河允書」，一個回到起點的「河允書」。

高中畢業之後，我回到韓國，參加了很多不同的選秀，在各家經紀公司來來回回，最後成了以偶像歌手為志願的練習生，幾年後站在這裡，面對一個全新的挑戰。

「下一位練習生，請上台！」

舞台，只需要全力以赴的享受，這是我在台灣的回憶裡最美麗的一段……

也是最無法割捨的一段。

「大家好，我是來自Grass Music的練習生河允書。」這是樂團解散後，第一次站上舞台。

「曾經在台灣以樂團出道過……其實我也有耳聞這個團體，怎麼會來參加比賽呢？」正中央的導師問道。

這問題在意料之中，無法避免。

「那時候大部分成員都是高中生，想先以課業為主，所以後來就解散了。」當然，這只是藉口，是我們逃避自己的藉口，現在再拿出來說嘴，根本自打巴掌。「之後我回到韓國，自己再找經紀公司，重新練習。」

「不會覺得可惜嗎？」

「抱歉比較多，我一直忘記寄泡菜給他們。」不知怎地，突然想起他們到機場送我的那天，吉努哭腫了眼睛要我有空給他寄泡菜，不知不覺笑了出來。

也是那天，我跟他們立下約定，會努力成長給他們看，會蛻變成一個獨立的河允書，成為他們的力量，像他們成為我的力量一樣。

可當我回到韓國，卻在原地打轉了好久，在最不如意的時候，總是要到漢江邊跑上一兩個小時，跑到雙腿打顫、毫無力氣，癱倒在草皮上質問星星為什麼要離我這麼遠，質問自己為什麼要這麼愛鑽牛角尖？

這麼累，何必？

可是每每一場自我質詢後，隔天我還是會準時到公司打卡，準時走進練習室，繼續無怨無悔的日常。記得有一次，剛結束月末評價，成績並不理想，我在漢江跑了兩個小時後，吉努打電話來，我猶豫了好久才接起。

「喂？吉努喔？」

「你在練習嗎？」電話那端的他，臉頰長了些肉，很像人家說的幸福肥。

「嗯。」

「給你看個東西！」鏡頭帶到了燦尼哥和阿澤哥，阿澤哥的平頭沐浴在燈光下看來特別刺眼。

「哇！哥你頭怎麼回事？」幾乎無法控制的，我大笑出聲。

也可能是故意的，想著這麼用力笑的話，是不是能逼走一點沮喪？

「阿澤哥要去當兵了……你笑得比吉努還誇張。」

「對不起，我沒想到哥的頭原來這麼圓，像燈泡……」

笑著笑著，竟笑出淚了。

「那不是圓形！煩欸你們……」

「啊……原來哥要去當兵了，什麼時候回來？」

我沒想到我是這麼想念他們。

「明年夏天。」

「哥要照顧身體，練八塊肌回來。」

「都給你說就好啦，你練給我看！」

真好，可以開始一個全新的生活，還能擁有一個歸期。

我呢？我的歸期呢？我還能回去嗎？我的承諾有兌現的一天嗎？

如果當初沒能阻止姐離開是我們的懦弱，那現在的我是否永遠找不回她？儘管沒人知道她為什麼要走，我寧願執著地相信是因為「懦弱」。

是「我」太弱小，才會在哥哥們打算解散時沒有力量反對。我明明看見他們垂頭喪氣，明明理解他們力不從心，我卻沒有勇氣站出來拉他們一把，反倒讓他們一拐一拐地拖著什麼都做不到的我。

如果我繼續依賴他們、繼續想念他們、繼續做他們的小忙內，我還可以長大嗎？還能問心無愧地說想成為他們的力量嗎？

我不想再成為他們的累贅，我必須長大，大到成為他們的大樹。

「既然哥要入伍，那我也趁這個機會說，我做了一個決定，我想認真履行跟你們的約定，所以直到完成約定的那天為止，我不會再跟你們聯絡。」

這個決定或許莽撞、或許無理，但他們給了我一個充滿信心的微笑，我會緊攥這份信任，直到承諾兌現。

「啊，好可愛……」另外一位導師突然摀著臉，我能看見她泛紅的耳朵，這時候我才發現我面前金字塔上的練習生們都在笑，我記得這種笑容，第一次見到姐和阿澤哥的時候，他們就是這樣笑的。

「你今天要唱跳嗎？還是有其他不一樣的表演呢？」

「我準備了唱歌，但是如果老師要求……我可以跳。」老實說，我的舞技並不像在場的人一樣厲害，這句話講得戰戰兢兢。

「知道了，請開始表演。」

寂然恬靜的前奏像綿綿細雨落下，〈Starry, Starry Night〉是我所有夢想的起點，從記憶中星輝斑斕的天空中到映著光芒的湖水，我像划舟而過的船夫，伴著夜風唱歌。如今繁星不再閃亮，回憶在漆黑中羅列，像雪地般冷冽，船擱淺在岸邊，我像個若無其事的旁觀者，敘述那些感同身受的故事，用雲淡風輕的語氣，窩囊地坦承自己有多切身的痛。

「你好，我叫姜璘。」漫長的初評錄製結束後，我躺在宿舍床上，有一隻手突然出現在我眼前，宛如黑暗中突然點亮的燭光。

姜璘哥是我在這裡第一個認識的人，當練習生的時間很長，在比賽期間一直很幫助我，我們交換了很多想法，很多不同方面的經驗，一起通過了很多不同的關卡；對決過、吵架過，在短短幾個月內，他成了我最好的朋友。我很清楚他如何從經紀公司退出來，熬著寂寞獨自練習；他也知道我如何墜落谷底再爬起來，下定決心實現跟團員們的約定。

「就像你依賴他們一樣，他們也一樣依賴著你。」決賽前一晚，我才把所有的故事講給他聽，他聽完後，道出了我從沒想過的觀點。「儘管過去他們總是在你身邊幫你解決大大小小的事情，你同樣陪在他們身邊走過了這些風風雨雨，沒有誰比較依賴誰，現在他們或許正是因為你努力向上爬的樣子受到鼓勵，所以他們才會重新站起來，你的隊長姐姐不是也回來了嗎？」

「啊，哥！」

「好啦好啦，宥亭妹妹，可以了嗎？」他已經可以預測我想說的話了，急忙改口。「真的是，一天到晚用年紀來攻擊我，臭小子。」

「哥，謝謝你。」

「我才要謝謝你和你的團員們。」他漾出那張溫暖的笑，和那天跟我打招呼時的一模一樣。

然而，那個約定仍然需要一個認可，但我沒有想到認可來得這麼猝不及防。

當最後出道位公布時，我真的不難過，我知道我沒有愧對付出過的一切，毫無遺憾地完成了所有舞台。夢想其實是成千上萬個起點疊起來的階梯，今後將繼續努力爬上更高的金字塔。

「現在請允書也發表感言吧。」

就在我接過麥克風時，台下突然有一陣不小的騷動，尤其是我的粉絲，全都指向親友座位區。

我不記得有讓媽媽來……

「謝謝你遵守了約定」大大的幾個字列在眼前，這瞬間我才發現……我的階梯上，他們都在。

原來，我不管做什麼事情，都不是單獨的「河允書」，一日「YouRock!」終身「YouRock!」；原來星星一直都在，只是暫時被雲遮住了，當它們重新探頭，當風吹散了雲霧，它們仍然閃耀，我可以重新仰望那片星輝斑斕。

「我真的全力以赴了……謝謝大家！」

(五)呂澤：前進才是最實際的守護

「阿澤！等我一下啦！」

小時候，我真的很不喜歡那個總是跟在我身後，腿短又跑不快的鄰居妹妹，尤其是當她絲毫不理會我的抗議，衝著我傻笑的時候。

「任宥亭，妳真的聽不懂人話欸！」我停下來回頭，她提著琴袋在樓梯間喘氣，滿頭大汗。

「嘿嘿……」又來了，又是那個傻笑。

「妳就已經有鋼琴了，幹嘛又要買鍵盤？」我替她揹起琴袋，才發現原來她一個人提著這麼重的東西追在我身後，剛剛我還故意快走了一段路，突然覺得有點對不起她。

「在作曲的時候比較方便嘛……」她依然笑著，很多時候我都覺得這個笑容有些多餘，至少在我面前不要這麼笑。

很危險。

「妳一個學古典的買這個是用得到喔？」我轉身繼續爬樓梯，背上這東西真的比想像中重很多。

「我在想啊……升高中之後候想要加入熱音社。」

「熱音社？妳想跳槽啊？」我很納悶，正在念國中音樂班的她，為什麼突然想加入熱音社？

「嗯……因為看你彈貝斯的時候總是笑著，感覺很開心，」她從口袋掏出鑰匙打開了她家的門——她就住在我家對門而已。「進來啊，琴不重嗎？」

重，當然重，她的話重得直接壓亂了我的思緒。

「所以我想考進你們學校。」她給我倒了杯水，在我們終於坐下來休息後。

「啊？」我差點被水嗆到。「妳不是要去考藝校的音樂科嗎？」

「我跟爸媽說過了，他們也同意了。」她笑得開心，彷彿已經考進來了一樣。「他們說那裡有你就可以不用擔心了，哈哈哈……」

「妳到底怎麼跟妳爸媽說的？不對……妳腦筋到底在想什麼？」有時候我真的很不懂她的腦迴路是怎麼構成的，像現在，又笑得跟個傻子似的。

從小就一直是這個樣子，追在我的後頭，不管我同不同意。

「呂澤，你不是創社社員嗎？」當我遞上退社申請的時候，爵管社的指揮老師用一種不能理解的眼神看著我。「怎麼剛升高一就退社了？」

「想嘗試更多不同種類的音樂。」

我沒有告訴宥亭，我是爵管社的。

「你不是很喜歡爵士樂的嗎？」老師拿著筆的手有些猶豫，怎麼樣都簽不下手。「你要不要再考慮一下？你走了我們就沒有低音了耶。」

搖了搖頭，我沒有答應他。

在我的沉默下，最終老師還是簽了名。「之後打算去哪個社團？」

「熱音社。」

其實對於熱音社，除了成發的時候在台上吵吵鬧鬧、嘶吼亂叫外，就沒有其他印象了。說穿了，那是我一點都不了解的領域。

我對不熟悉的事物也會猶豫，只不過用嘴硬掩飾罷了。

「貝斯在樂團又不起眼，你這樣以後會有人要嗎？」鄰座同學正在給吉他換弦。「要不要來吉他社？」

「加入吉他社跟你搶學妹嗎？」

「用不著你來搶，吉他社學妹有她們的大王。」他還在換他的第一根弦，我越看越覺得笨拙。

「還是你目標熱音社的學姐？」

「我目標熱音社未來的學妹，可以了嗎？」我把吉他拿了過來，把剩下的五根弦全都換上。

不過，我的猶豫全是不必要的，當我踏進熱音社時，全體社員竟以張牙舞爪的熱情迎接我。原來貝斯手比想像中更搶手的傳聞是真的，從入社開始，我總是會收到組團邀請，不管怎麼婉拒都還是會來，最後只好這裡幫一首、那裡幫一首，練團的時候跑來跑去，卻也因此接觸到更多樣的樂曲風格，學到有別以往的彈法，讓我開始對熱音社的印象漸漸從吵雜紛亂變成多采多姿。

我開始跟社團裡大部分的人打成一片，一年之後還成了幹部，帶著新一批的社員參觀練團室，那之中有一年前發下豪語要加入熱音社的任宥亭。

「阿澤！社團！」她總是在放學後跑來找我，帶著一種特別開朗的笑容，在鐘響後準時出現。一天又一天，我開始期待放學的鐘聲，老是盯著時鐘倒數放學時間，在鐘聲響完之後假裝不在意窗外來往的人群，等她那張笑臉從窗外探入後才慢慢收拾書包。

又一年過去，為了每天迎接這讓人傾心的笑容，我成了社團裡少數的高三老人，換她升上幹部。

「呂澤，該收心了，老師是覺得社團沒有那麼重要，你應該想想你的未來啊！」高三課業繁重，班導好心勸退，而我居然在糾結到底是那張看了十幾年的臉重要，還是看不見的未來重要。

那天，她也在放學鐘聲後出現，非常準時。

「敢在高三教室這麼大聲的可能就只有妳了。」我收好書包與她一起往綜合大樓走去。

我喜歡在這個時候放慢腳步，為了等她，也為了拉長並肩的時間，更為了那夕陽餘暉下發著光的笑容、為了那因興奮而上揚的語氣。

不知道從什麼時候開始，總是追著我跑的女孩，已經成為我目光追尋之處；總是跑不過我的女孩，已經踏出步伐走在前方，換我踩著她的影子。她的目光總是落在比想像更遙遠的地方，那嚮往的眼神讓我也不禁跟著嚮往，因為那個地方，我深信會有她。

「老師，我會參加校內甄選，如果沒有選上我就退社。」隔天，我跟班導做了保證，但論我有幾成把握，其實是零。

「如果選上呢？」

「如果選上了，我就把這個當作自己的未來。」

這個未來，我不知道會怎麼輝煌，也不知道會怎麼坎坷，更不知道我會遺失她好長一段時間。

她離開的第十七個月，我給她寫了一封信。

那天，我們收到了她寄回來的曲子，在她一聲不響的腳步後，頭一次見到她留下的腳印，乘著紙飛機悄悄停在我們腳邊。

我也沒寫什麼，問她過得還好嗎、說我們很想念她。

沒了。

表面上是封不帶感情的寒暄，其實是幾行心慌意亂的問候。

跟我預想的一樣，她沒有回信。

弟弟們安慰我，也許她只是沒有看到，但我很清楚，她才不是。所以每天都去整理信箱，丟掉了垃圾信、廣告信，只留下她的名字，每天反覆一樣的動作，只希望等她回信後可以第一眼捕捉到。

隨著她杳無音訊的時間越拉越長，我開始懷疑是不是自己手殘錯刪了她的信，或者她根本已經把我封鎖。

於是，我又寄了第二封信給她。

那天，我們的第二張專輯正式上架，我在霧起清冷的凌晨，一邊聽她寫的歌，一邊思考該寫些什麼才能逼她不得不回信，結果直到勇旭哥來催人起床，我只寫了些漫無目的的字句。

問她過得還好嗎、說我們很想念她。

沒了。

表面上是封一成不變的寒暄，其實是幾行心猿意馬的閒聊。

而她依舊沒有回信。

我想這是當然的，她曾笑我卡片內容都只會寫「祝你天天開心」，還笑我寫情書不會有人收，我反駁說什麼年代了還寫情書，她反問我——如果你喜歡的女生只接受情書怎麼辦？

怎麼辦？我沒寫過，那人也沒收過，我怎麼知道怎麼辦？

「哥，你都寫一樣的誰會回啊？」詠燦毫不留情撕爛我的面子。

「那你寫嘛。」

「不要，代筆與作弊同罪，我承受不起。」他慵懶地打了個哈欠，斜倚在沙發上寫考卷，聽說明天還得送回學校去，不然沒有平時分數會被留級。

「還說咧，你幹嘛幫郭吉努寫？」

「不一樣。」他輕搖頭。「我這個寫完了有答案，你那寫完了還得等答案。」

有時候我真的覺得這小子的腦迴路跟任宥亭是一掛的。「我又不是在寫考卷，要等什麼答案？」

「嗯，因為你是出題的人啊……」他再打了個哈欠，將考卷翻頁。「這世上沒有一封情書不需要等答案。」

原來如此……「我說我寫情書了嗎？」

「不是嗎？」他終於看了我一眼，用那雙看題看到生無可戀的眸子，流露一種名叫同情的目光。「我一直以為是。」

我不是嗎？大概……是吧。

我開始煩惱該寫些什麼不一樣的內容，但我一直想不出個所以然，只好老樣子，問她過得還好嗎？說我們很想念她。

第三封信，表面上是封單調乏味的寒暄，其實是幾行心灰意冷的盼望。

我已經習慣她不回信，卻仍然每天整理信箱。心心念念、朝朝暮暮，這些我無法說出口的情感，竟然都是疊字，層層疊疊在心坎上成了陳年灰塵。

第四封信寄去之前，詠燦搶走我的手機，刪掉了「們」字，發了出去。

「你不是說代筆與作弊同罪嗎？」我掃過最後一句，瞬間燥熱了雙頰。

「我只是不想被拖下水，你的『想念』我承受不起。」他一拳砸在我胸口。「哥，『一個願打一個願挨』也是可以用在這裡的。」

我暫時聽懂了上文，卻沒追問下文的意思。這封信，也成了我寄給她的最後一封信。

「嗨，老師！又在整理樂譜啊，它們一直都很整齊的，老師你有潔癖嗎？」

當事過境遷，我成了一個不起眼的吉他老師，每每看見學生穿著熟悉的制服，扯開陽光般的笑容，心就會痛。

這些樂譜其實是我和她曾經一起練習過的回憶，尤其是她創作的手稿。那年得知她退團，我衝去她家時，只看見門把上掛著一袋樂譜，「給呂澤」三個大字潦草地寫在上頭，洩漏提筆之人有多匆忙。可我要的不是她留下回憶，如果真的要走，至少留下原因、留下線索，讓我可以循著她走過的痕跡尋找，結果她沒有……什麼都沒有。

我埋怨過、也氣憤過，怨她走得太瀟灑、氣她一句話都不說；怨自己沒及時抓住她、氣自己讓她從視線中溜走，但就是沒辦法把她從記憶裡丟棄。我忘不了每天放學後呼喚我的明朗聲音，忘不了映著夕陽的笑眼，忘不了操場上她走在前方讓我踩著她的影子，忘不了她作曲時專注的神情，忘不了她在樂譜上寫下的每個記號，忘不了舞台燈光中她自信的嘴角，忘不了每次表演時她與我對視的瞬間，更忘不了每次踏上舞台前，她在我額上輕推的重量。

我曾經祈禱自己的執拗成真，卻只能在睜眼時嘲笑自己的無能。

世界這麼大、回憶這麼遠，我要上哪去找她？

轉機總是在意想不到的時刻來臨，一張破壞信任的協議書竟成了多年來最接近她的唯一線索。

循著這點希望，慢慢地釐清了當年她退團的真相，聽著勇旭哥的陳述、看著眼前筆跡顫抖的簽名，我才發覺自己的力量有多渺小，我竟然沒有發現她的掙扎，沒有發現她在求救，更沒有辦法陪她一起承受。

「哥，你還好嗎？」拿著證據回到車上，詠燦首先關心我的狀態。

「不太好……」

我不禁想像她一個人簽下協議書的表情，想像她是揣懷著怎樣的心情看我們笑著討論專輯，想像她離開的時候是下了多大的決心。

「她為什麼不讓我們陪她呢？」我問，情緒不受控地潰堤。

「因為她不願意讓我們陪吧。」詠燦的話點醒了我。「她知道我們肯定會想陪她面對，但那後果是什麼？」

全軍覆沒，連同所謂的未來，還有我們一起做過的夢。

所以她選擇了沉默，選擇連最後僅剩的時間也全力以赴，選擇犧牲自己換取我們的安好。她的目光總是比我們更遠、更早，落在所有能夠稱作「機會」的地方。

「既然她想回來了，那我們就幫她把剩下的路都鋪好吧。」詠燦將資料遞給我。

我想我能做的也只有這個了，就算不知道她會不會看見我們的努力，不知道她什麼時候回來，我只知道……唯有前進才是最實在的守護。

當她出現在直播裡時，我立刻丟了手機往記者會現場跑去。聽她站在曾經讓她失去一切的人面前捍衛我們共有的名字，看她眼神堅定地搶回屬於我們的夢想，我再次深深發覺我跟她之間的差距是多麼遙遠，儘管只是眼前幾步的距離，我現在能做的依舊只有站在她的身後，最多……就是接住早已精疲力竭的她。

「笨蛋。」

「我做得很好吧……」

「沒有。」

「你多誇我幾句會怎樣？我好不容易回來了……」

我不想誇妳，我只想告訴妳，我好想妳。

後記
星星、彩虹和逆襲夢想

我捨不得寫後記。

就像捨不得夢醒，太陽就曬屁股了。

現實如此殘酷，你是不是跟我一樣還想作夢？

如果現在你點頭了，那趁還想做、還能做，就趕快去做。

剛寫完故事大綱時，我再次確信了不管多大的瓶頸都有辦法突破。18K筆記本、30頁鉛筆字，統測陪考的那兩天，我比考生更像考生——這是第一次如此「慎重地」寫大綱。

音樂小說是我長久以來的夢想，記得大學面試的自傳裡還說自己目標四年內將它完成，結果畢業後才做到。當時單純地想把最熱愛的兩個東西結合起來，卻沒想到聲音的描寫是那麼難、我的功力是那麼淺，常常坐在鋼琴前試圖寫點什麼，到後來都變成毫無意義的塗鴉，有時手癢碰一碰琴鍵，一晃眼五、六個小時就過了，反反覆覆，五、六年也過了。

原來音樂小說不僅是「音樂」加上「小說」，這領悟太無奈。

於是我開始鍛鍊文字，有的成書出版，有的不了了之；也開始嘗試作曲，有的得以見光，有的還埋在資料夾裡被遺忘。或許有人曾經讀過、曾經聽過，如果那個人是你，請讓我說一聲：謝謝。

往後的路還長，我要練的還多著呢。

我真的全力以赴了——這句話觸動我寫下這篇故事。

它出自一個不起眼樂團的鍵盤手口中，他在一年內參加了兩場大型生存選秀，少了團員的陪伴，單打獨鬥。兩場比賽都結束後，我才偶然在某個影片裡聽到他的感想。

只有一句，就這一句：「這一年內我真的全力以赴了。」

簡單、深刻。

到底要付出多少，才敢將「全力以赴」說出口？原本只是為了蒐集資料才去看比賽的我，忽然跟著一陣鼻酸，不敢去想那些接踵而來的殘酷考驗，他一個孩子如何身心俱疲仍勇敢去追？不追，「夢想」終究只是「夢」、只能「想」；懂得去「追」，是多麼難能可貴的行動力。

我將那孩子隱名於故事中，希望現實中的他也能在花路上一帆風順。

當然其他角色的原型人物亦取材自那些選秀節目，太多血淚和經歷，我挑了一些整理好後，構築成主角們的人生。

關於夢想，也許千萬句話都會化作沉默，沉默的空氣流動著多少難以言喻的委屈和辛苦……辛苦，且幸福。

我曾經為了把腦袋裡泉湧般的靈感寫完，在課堂上偷偷拿著筆記本寫，裝作認真筆記的樣子，老師教了什麼根本都沒聽見；也曾為了準備音樂會，填了幾十張公假單爭取練習時間，結果被老師念了一頓；更曾因為花太多時間在寫作和參加音樂會上導致成績墊底，沒少跟父母吵架。

「你應該更認真念書！」「整天玩音樂，長大能做什麼？」「寫小說有那麼重要嗎？」「學生的本分是什麼？」「你怎麼一天到晚不務正業？」「做些有的沒的浪費時間！」

很多人應該都聽過類似的嘮叨，這些話有多刺耳，在父母嘴裡就有多難以啟齒。那時候我不理解，覺得這些碎碎念只會阻擋我繼續往夢想前進，所以摀住耳朵更加固執，每次跟他們談到夢想、談到長大以後，我就像刺蝟一樣鼓起身上的刺，尖銳地與他們衝撞。

可是有一天，我發現，他們要的不是我長大後可以賺多少錢養他們，而是我能不能一個人也活得好好的。不要早出晚歸、不要太操勞自己、不要忘記吃飯、不要熬夜……

讀到這裡，你是否也在微笑呢？

這抹笑，包含了哪些畫面呢？

眼前浮現那些畫面的你，現在也幸福嗎？

點頭、搖頭……都無所謂，因為只要還想做、還能做，我們都會是那顆星星、那道彩虹，還能逆襲曾經的夢。

某月某日　凌晨　某個冷氣房　寫完準備作夢的竹攸

要青春59　PG2184

要有光 FIAT LUX

You Rock！逆襲夢想

作　　者　竹攸
責任編輯　林昕平
圖文排版　詹羽彤
封面設計　蔡瑋筠

出版策劃　要有光
發 行 人　宋政坤
法律顧問　毛國樑　律師
印製發行　秀威資訊科技股份有限公司
114台北市內湖區瑞光路76巷65號1樓
電話：+886-2-2796-3638　傳真：+886-2-2796-1377
http://www.showwe.com.tw
劃撥帳號　19563868　戶名：秀威資訊科技股份有限公司
讀者服務信箱：service@showwe.com.tw
展售門市　國家書店（松江門市）
104台北市中山區松江路209號1樓
電話：+886-2-2518-0207　傳真：+886-2-2518-0778
網路訂購　秀威網路書店：https://store.showwe.tw
國家網路書店：https://www.govbooks.com.tw
總 經 銷　聯合發行股份有限公司
231新北市新店區寶橋路235巷6弄6號4F
電話：+886-2-2917-8022　傳真：+886-2-2915-6275

出版日期　2020年3月　BOD一版
定　　價　260元

國家圖書館出版品預行編目

You rock!逆襲夢想 / 竹攸作. -- 一版. -- 臺北市：
要有光, 2020.03
面； 公分. -- (要青春 ; 59)
BOD版
ISBN 978-986-6992-32-2 (平裝)

863.57 108019676

讀者回函卡

感謝您購買本書，為提升服務品質，請填妥以下資料，將讀者回函卡直接寄回或傳真本公司，收到您的寶貴意見後，我們會收藏記錄及檢討，謝謝！如您需要了解本公司最新出版書目、購書優惠或企劃活動，歡迎您上網查詢或下載相關資料：http:// www.showwe.com.tw

您購買的書名：________________________________

出生日期：________年________月________日

學歷：□高中（含）以下　□大專　□研究所（含）以上

職業：□製造業　□金融業　□資訊業　□軍警　□傳播業　□自由業
　　　□服務業　□公務員　□教職　□學生　□家管　□其它_____

購書地點：□網路書店　□實體書店　□書展　□郵購　□贈閱　□其他

您從何得知本書的消息？

□網路書店　□實體書店　□網路搜尋　□電子報　□書訊　□雜誌
□傳播媒體　□親友推薦　□網站推薦　□部落格　□其他__________

您對本書的評價：（請填代號　1.非常滿意　2.滿意　3.尚可　4.再改進）

封面設計____　版面編排____　內容____　文／譯筆____　價格____

讀完書後您覺得：

□很有收穫　□有收穫　□收穫不多　□沒收穫

對我們的建議：________________________________

____

____

____

請貼
郵票

11466
台北市內湖區瑞光路 76 巷 65 號 1 樓
秀威資訊科技股份有限公司 收
BOD 數位出版事業部

(請沿線對折寄回，謝謝！)

姓　　名：＿＿＿＿＿＿＿＿＿＿　年齡：＿＿＿＿　性別：□女　□男

郵遞區號：□□□□□

地　　址：＿＿＿＿＿＿＿＿＿＿＿＿＿＿＿＿＿＿＿＿＿＿＿＿

聯絡電話：(日)＿＿＿＿＿＿＿＿＿＿＿＿(夜)＿＿＿＿＿＿＿＿＿＿＿＿

E-mail：＿＿＿＿＿＿＿＿＿＿＿＿＿＿＿＿＿＿＿＿＿＿＿＿